最後は笑ってさよならをしよう

神田澪

KADOKAWA

はじめに

「本を読みたいとは思っているけれど忙しい」「疲れていると長文を読むのがつらい」――そう感じたことはありませんか？　この本は、誰でも手軽に読める１４０字ぴったりの超短編小説を集めたものです。私がこれまで千五百篇以上書いてきたものの中から厳選して掲載いたしました。

読み方は自由。一ページに一つの独立した物語が掲載されていますので、どこから読んでも大丈夫です。好きなページをパッと開いて読んでみてもいいですし、寝る前に一篇ずつ読み進めていただくのもよいと思います。

なぜ１４０字ぴったりで書くのかとよく聞かれますが、それは活動当初、X（旧Ｔｗｉｔｔｅｒ）の文字数の上限がちょうど１４０字だったからです。俳句や短歌を詠む場合、既定の形式よりも字数が多い、

いわゆる字余りが起きることもありますが、当時のＴｗｉｔｔｅｒでの投稿は、１４０字以下で書くことはできても１４０字以上書くことはシステム上、できませんでした。つまり、システムの仕様が物語の形式を作ったのです。書籍化に際し、これまでの投稿作品に大幅な修正を行っていますが「１４０字ぴったり」という形式を守り、全ての字数を１４０字で揃えています。

二〇二一年に『最後は会ってさよならをしよう』を出版してから三年経ち、こうしてシリーズ二作目となる本作を執筆できたことを大変嬉しく思います。

形式上、本作『最後は笑ってさよならをしよう』を第二作目と呼んでいますが、両方とも独立した短編集ですので、どちらから読んでも構いません。前作に引き続きカバー・挿絵を担当していただいた須山奈津希さんの素敵なイラストとともに、物語の世界を楽しんでいただけると嬉しいです。

それでは、１４０字で紡がれた世界への旅がいよいよ始まります。

Contents

Illustrations
Natsuki Suyama

Book Design
Akane Sakagawa

DTP
Everythink Co., Ltd.

Proofreading
Ouraidou K.K.

Composition
Hitomi Ito

１４０字の
物語

予告

『明日告白する』

好きな人のストーリーを見て悲鳴を上げた。

聞いてない。

というか、こんなことを書いたら大騒ぎになるのでは。

その予想を裏切り、翌日の教室内は至って平和だった。

放課後、たまらず好きな人に声をかけた。

「昨日のアレ、限定公開だったの?」

「うん。相手にだけ予告しとこうと思って」

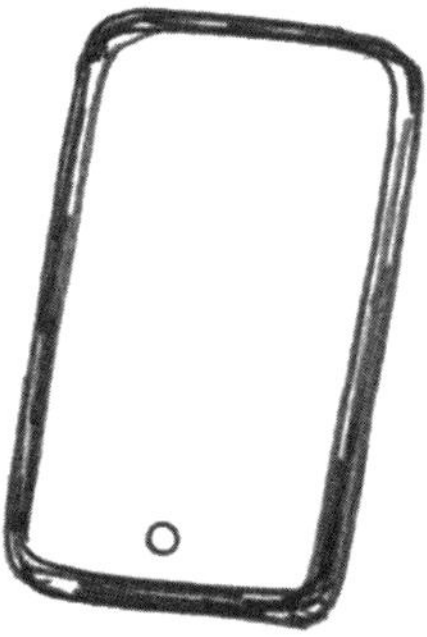

「好きな人いる？　って、ほぼ告白だよね」
お喋りが止まらない私とは対照的に、幼馴染はゲームに没頭中。ボスを倒すので忙しいそうだ。

「聞いてる!?」
「うん」

絶対に嘘だ。私は諦めて本棚から漫画を取り出した。
五分後、ゲームを終えた彼は隣に腰掛け、不機嫌そうに言った。

「まさか好きなヤツいんの？」

好きな人いる？

純愛保険

純愛保険への加入手続きをした。
失恋した時には見舞金がもらえるそうだ。
加入の要件が書かれた紙に目を通す。
『過去三年以内に大恋愛をされたことのある方、
別れてから一年以内の方はご加入いただけません』

この条件なら自分でも入れるはずだが、審査に落ちた。
『長期間の片思いも大恋愛に含まれます』

一週間後に着る服をもう決めていること。
遠くからでも柔らかな声を聞き取れること。
無意識のうちに
いつも目で追ってしまっていること。
真っ白な紙の上にその名前を見つけただけで、
心臓が一つ大きく鳴ること。
君からの返信が遅いだけで心が波立つこと。

どの辞書にも書かれていない、
私だけの恋の定義。

恋の定義

一番綺麗な一枚

卒業旅行に行った君が、
ＳＮＳに何枚もの写真を上げている。
紺碧の海と真っ白なクルーズ船。
コメントをしようかと思ったけれど、
もう先に二十件もついていて指が止まった。

その時、君からの通知が鳴る。

『これが一番綺麗に撮れたから』

どこにも共有されていない写真、
そんなことが嬉しくて心が震えた。

タイミング

『好きです』

そう送ったのは通学電車の中。返事はすぐに来た。

『ごめんね』

その四文字を見て、人前であることも忘れて泣いた。
ああ、ちゃんと隠していれば、明日も友達でいられたのに。

次に通知が来たのは放課後のこと。

『俺の方が先に言うつもりだったのに』

その日は大規模な通信障害があったらしい。

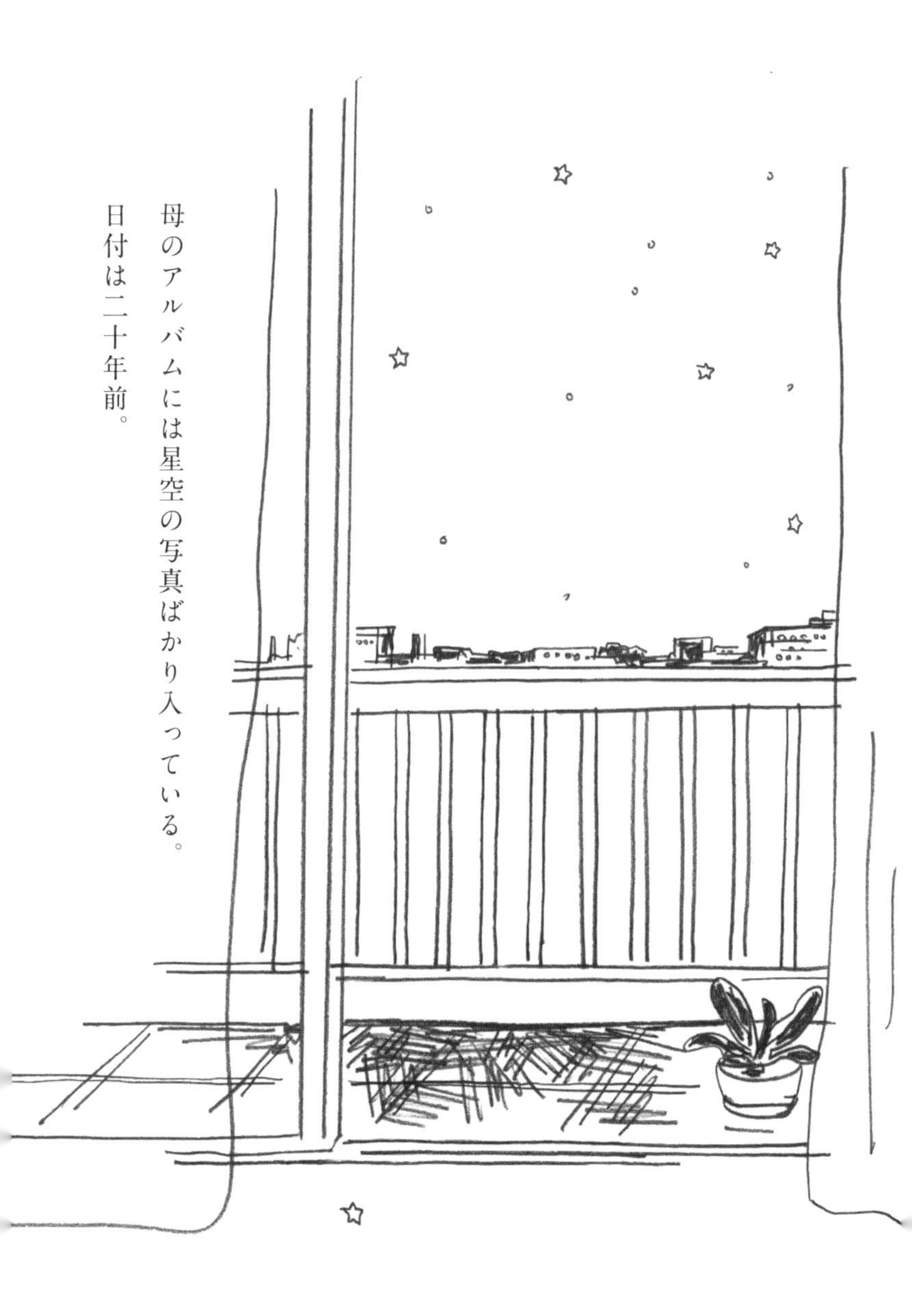

母のアルバムには星空の写真ばかり入っている。
日付は二十年前。

星空の写真

独身時代に撮ったようだ。

「お父さんと星を見に行ってたの？」

母は首を横に振った。

「実は違うのよ」

「まさか元彼と？」

私の質問に母は笑った。

「お父さんとは遠距離恋愛でね。

夜のベランダで電話してたから、綺麗な星をよく見つけたの」

大事なもの

彼は捜し物が苦手だ。

出かける前はいつだってバタバタしている。

「また捜し物？　大丈夫？」

そう聞くと、彼は自信満々に答える。

「まあ、本当に大事なものはちゃんと見つけるから」

それは、嘘ではなかった。蒸し暑い夏祭りの夜。

「おーい！」

彼は人波の中から、地味で目立たない私を見つけ出してくれた。

ジャンクフードが食べたい。なぜだか、無性に。
時計を見ればちょうど昼時。
ついでにと、最近少し気になっている人を誘った。
すぐに店に来た君は、コーヒーだけを頼んでいた。
実はジャンクフードが苦手らしい。

「言ってくれれば他の人を誘ったのに」

君は頭を掻いた。

「それが嫌だから来たんだけど……」

ジャンクフードは苦手

幸せそうな写真

友人の幸せそうな投稿が羨ましかった。

『今日でちょうど一年！』
『最高の記念日でした』

ディナーやプレゼントの写真を見ると
自分と比べて落ち込む。
恋人は忙しく、誕生日も通話だけ。

けれど月日が流れ、恋人にも余裕が出てきた。
記念日の温泉旅行は楽しくて楽しくて、
ＳＮＳに投稿するのも忘れていた。

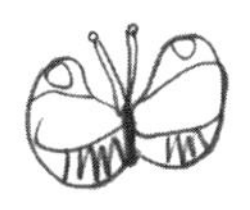

「今日さ〜なんと三人からプロポーズされちゃった！」

仕事から帰ってきた彼女は浮かれた顔で言った。
婚約者である僕に遠慮もせずに。
優しくて社交的な彼女は、
職場で鬼のようにモテているらしい。

「困っちゃうよねえ」
「そうだねー」

いつものことなので軽く流した。
彼女にとって保育士は天職のようだ。

彼女の天職

あなたが

最高の幸福だと感じた、

その一瞬の中で

永遠に生きていたいのです。

交換日記

「交換日記してみない？」

金曜の夜、電話口で彼女は言った。正直、僕は返事に困った。僕はまめじゃないし、文章も上手くないからだ。

「日記かぁ」

「嫌？」

「うーん、そういうの苦手だからさ」

少しの沈黙の後、彼女はそっか、と呟いた。

「本当は毎日会う理由が欲しかったの」

電話の切れる音が聞こえた。

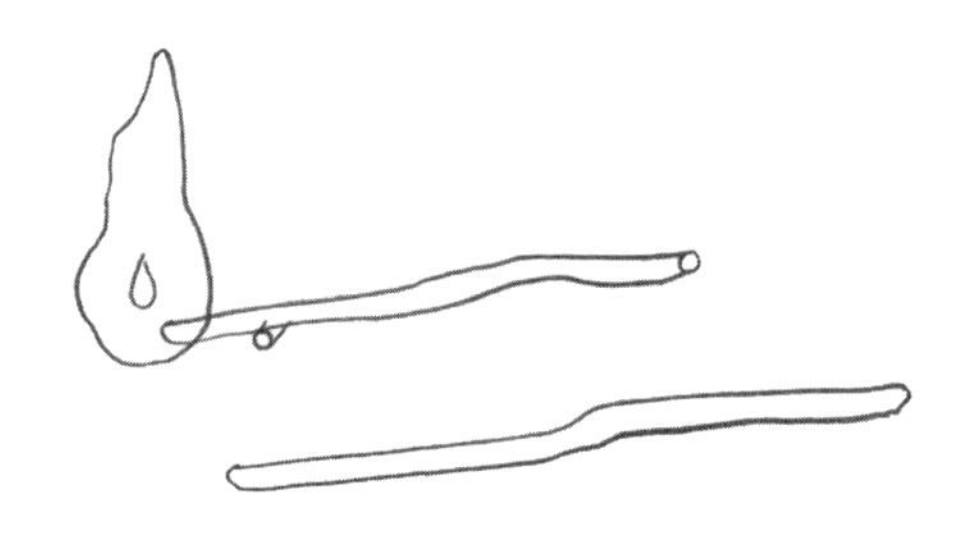

あっさり振られた。

「部活と勉強が忙しくて……」

ユニフォームを着た君は申し訳なさそうに去っていった。
けれど、その背中を恨むことはできなかった。
正直な君を好きになったから。

その後、クラスメイトから君に恋人ができたと聞いた。
ちゃんと嫌いになれそうだ。
そっか、君は一週間で暇になるんだね。

忙しい一週間

別れた後の変化

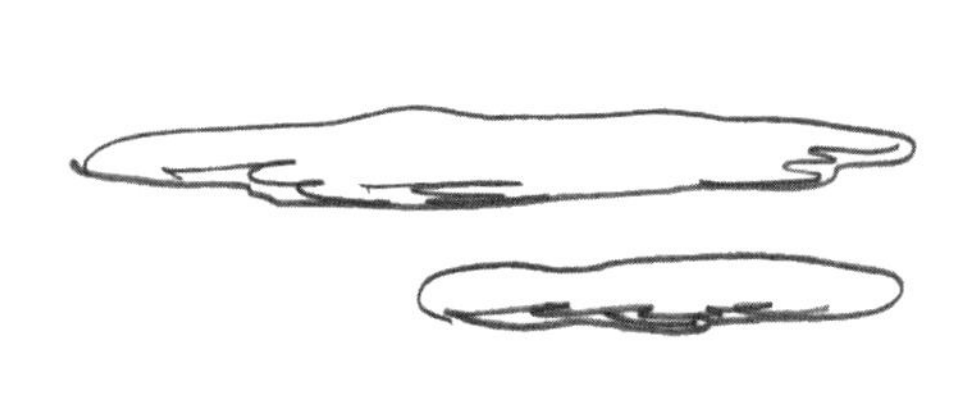

君と別れてから、人に褒められるくらい
可愛くなった。

朝、雨空の下を走る電車に揺られ都心へ向かう。
ふいに視線を感じた。
顔を上げると、斜め前には懐かしい君。

けれどすぐ電車を降りていった。
半年前と同じ、冴えない後ろ姿で。

なぜか負けた気がした。
私と別れたくらいじゃ何も変わらないんだ、君は。

寂しい時はトーク履歴を遡る。
不安を掻き消すために。
過去にもらった優しい言葉を見ると、
恋人は今忙しいだけ、マンネリ気味なだけと思える。

五月のぬるい風が部屋に流れる夜、
また画面をスクロールした。
けれど寂しさは消えない。
もう、戻っても戻っても辿りつかないほど、
遠い過去になってしまった。

何度スクロールしても

先輩の先輩

「先輩、すき」

その寝言が聞こえた瞬間、思わず息を呑んだ。
夕日が差し込む部室に二人きり。
疲れたのだろう、大好きな人は僕の隣で通学鞄を枕に
すやすや眠っている。
肩を揺らして起こすと、その目に落胆の色が見えた。

「なんだ夢かぁ」

僕は頷き、そして口を開いた。

「変な寝言を言ってましたよ、先輩」

読み終わったら削除して

『読み終わったら削除して』

元恋人から来たメールは、その一文から始まっていた。
まるでスパイのようだ。
普段はチャットを使うはずなのに、
なぜメール？　変だなぁ、と思いながらメールを読み進める。

『他に好きな人ができたって言ったけど、嘘だよ』

嫌な予感がして、元恋人が入院している病院へ急いだ。

素朴な疑問

「ママは昔、可愛くてモテモテだったのよ」

日曜の朝。

目を覚ますと、リビングから妻の声が聞こえた。幼い娘を相手に昔話をしているらしい。

おませな娘は「ほんと〜？」と笑う。

二人のやりとりが微笑ましくて、つい聞き耳を立てたくなった。

娘の声が聞こえる。

「じゃあなんでパパと結婚しちゃったの？」

彼氏へのプレゼント

彼氏へのプレゼントは洋服に決めた。

よく行くというショップへ来たものの、店内は男性客ばかり。

緊張して店員の顔もまともに見られなかった。

「プレゼントですか？」

「はい、家族に」

彼氏に、と告げるのは恥ずかしい。

「気が早いんじゃないですか？」

顔を上げると、君がニヤついた顔で腕組みしていた。

ベタな演出

「長く続いたドラマの最終回でさぁ、
初期の主題歌流すことあるじゃん」

彼女はベッドの上でスマホを触りながら言った。

「あれってエモくない？」

僕は「分かるわ」と返事をした。
ベタな演出だがいつも胸が熱くなる。

ふと彼女のスマホから音楽が流れ始めた。
付き合いたての頃に二人でよく聴いた曲だった。

バンドマンの交際

「父にあなたのことを話したの」

彼女は夕食の席でそう告げた。
思わず唾を飲み込む。
彼女の父は厳格な人だと聞いた。
日の目を見ないバンド活動を続ける僕との交際には反対するだろう。

「なんて言ってた？」
「今のままでは認められないそうよ」

そうだろう、と頷く。

「サビのキャッチーさが足りないって」

寝ようとした時、気になるクラスメイトからＬＩＮＥが来た。
『まだ起きてる？』
暖かい布団の中で返信する。
『起きてるよ』
『よかった。あのさ』
駄目だ、眠い。返事を書きたいのに。
気がつけば朝になっていた。あるメッセージに既読をつけたままで。
『今って彼氏いるの？』
隣の席の君は随分と眠そうだ。

気になる返事

可愛い約束

「あっ！」

彼が急にスマホの画面を指差した。
なぜか口をパクパクさせながら。

「どうしたの？」

映し出されていたのは子猫の写真だった。
真っ白なタオルの上でとろんと眠そうな目をしている。

「可愛いね」

私の言葉に彼は嬉しそうに頷いた。
なるほど。
昨日、他の子を可愛いって言わないでと怒ったせいか。

隣の席の君は人気者だ。
優しくて、爽やかで、クラス内にファンクラブがある。
私だけは入ってないけれど。

そんな君と委員会が一緒になった。
夏の午後、並んで花壇に水やりをする。

「すごいね、ファンクラブ」

君は意外にも不機嫌そうに答えた。

「別に、あんなの意味ないよ。
俺の好きな子は入ってないし」

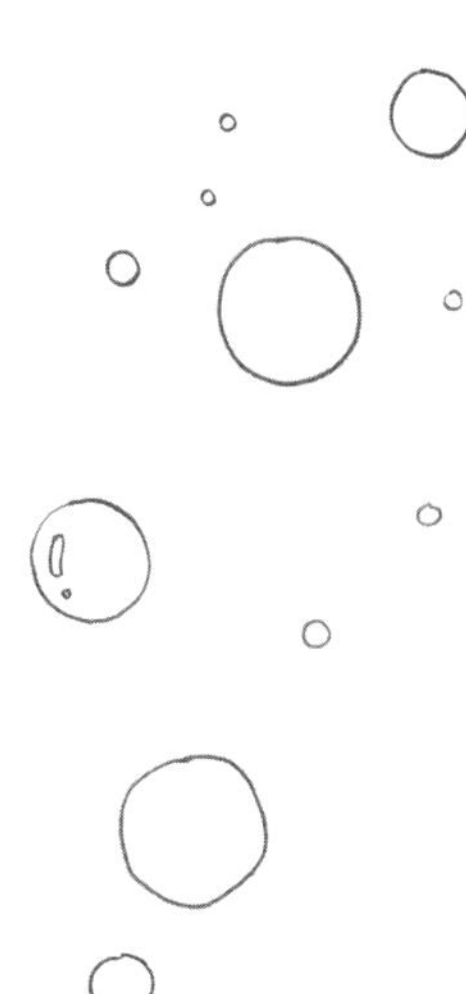

ファンクラブ

夏までに恋人がほしいな、と友人は言った。

「前に告白しようか悩んでた子はどう？」

学校近くの喫茶店。私の質問に友人は俯いて答えた。

「進展なし」

「顔が好みって言ってた子は？」

「つかず離れず」

何も進んでいないのか。私は呆れて言った。

「誰か一人に絞りなよ」

友人は顔を上げた。

「全部君だけど」

恋愛相談

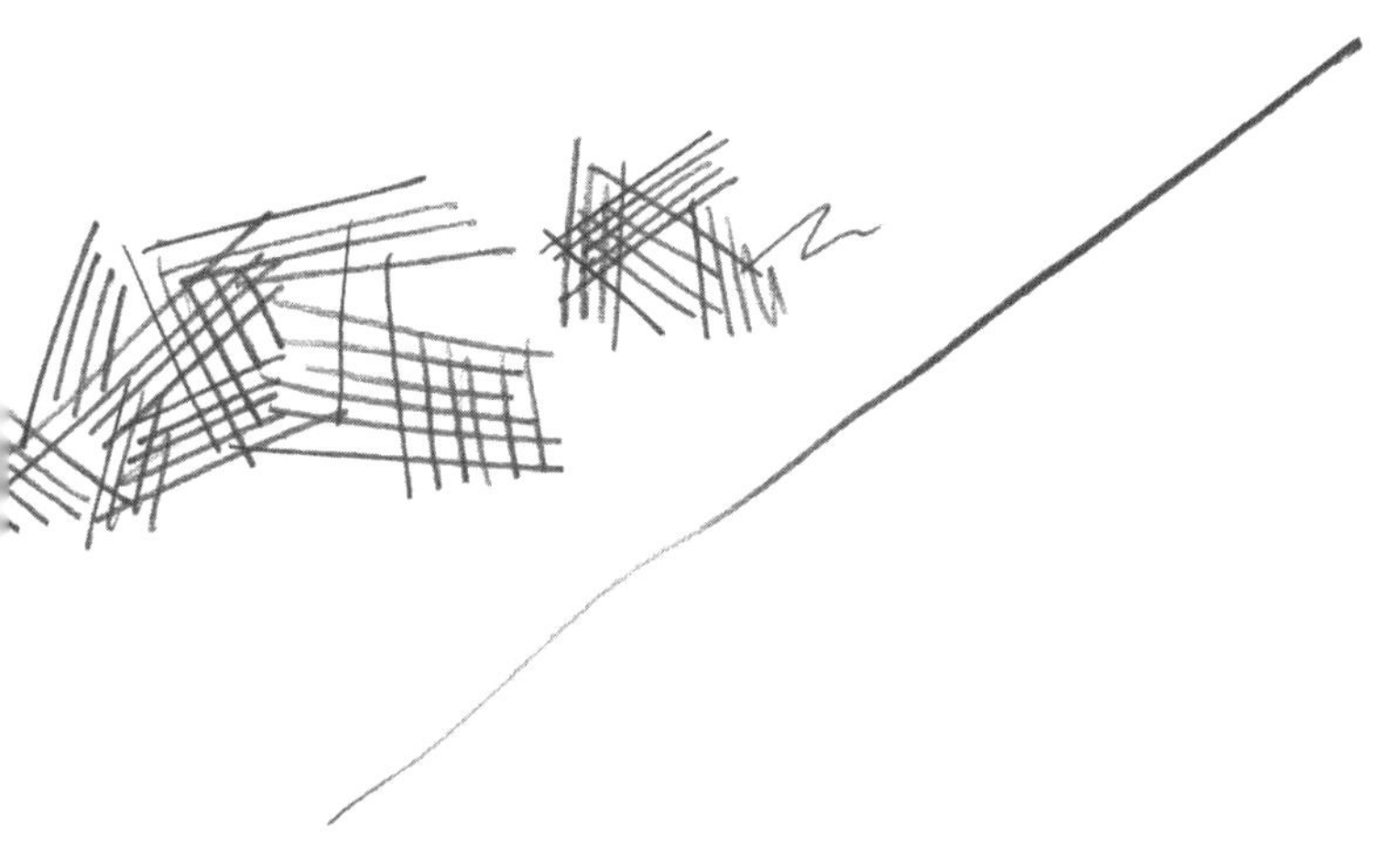

本命と遊び相手

彼女の浮気は今回で三度目だ。

「ごめんね。遠距離だから寂しくなっちゃって」

電話口から震える声が聞こえてくる。
しかし、今回ばかりは僕だって
厳しく言わなければならない。

「もう遊び相手とは連絡取らないって約束できる？」

彼女は分かった、と返事をした。
それ以降、彼女とは連絡がつかなくなった。

幸せのシェア

些細なことで喧嘩をした。
十歳下の彼女が、スマホを持ってむくれている。
インスタに僕の顔は載せないでくれと言ったらこの調子だ。
いつもは賑やかな部屋に、今は洗濯機の回る音がやけに響く。

「他に本命でもいるわけ？」
「違うよ……」

僕はただ思うんだ。
幸せって、二人で分け合うだけじゃ駄目なのか？

一つ先のゴンドラ

好きな人と観覧車に乗った。
サークルの仲間と来た遊園地で、
じゃんけんの結果でペアが決まった。
景色を楽しもうと思っても、
つい向かい側に座る君ばかり見てしまう。

嬉しくて、ドキドキして、それから寂しくなった。
君は当たり障りのない会話をしながら、
一つ先のゴンドラに乗る友人を目で追っていた。

ドライフラワー

「花は恋に似てるよね。いつか散る」

この頃浮かない顔の妹は言った。硝子の花瓶を抱えて。

「凡庸な発想だなあ。ドライフラワーにできるのに。

手を入れないから散るんだ」

僕の答えに、妹はいつもの表情をした。

兄はこれだから困るといった顔だ。

「この世界にはね、ドライフラワーに向かない花もあるの」

「愛している」より
「愛していた」の方が

真実めいて聞こえるなんて、
人間は憂鬱な生き物ね。

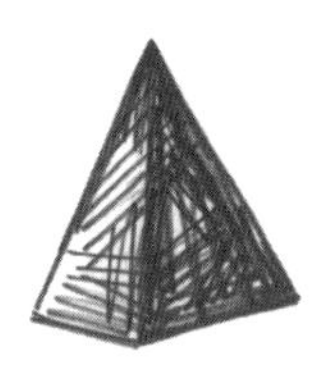

好きのハードル

モテる友人に好きなタイプを聞いた。

「お洒落な人かな」

さらりと答えるその姿に憧れる。
確かに彼女の元彼はみんなお洒落だった。
けれど、まさかこだわりが服装だけとは。

「へえ。かっこいい、とか優しい、とかじゃないんだね」

驚く私に、友人は再びあっさりと返した。

「それは言うまでもないでしょ？」

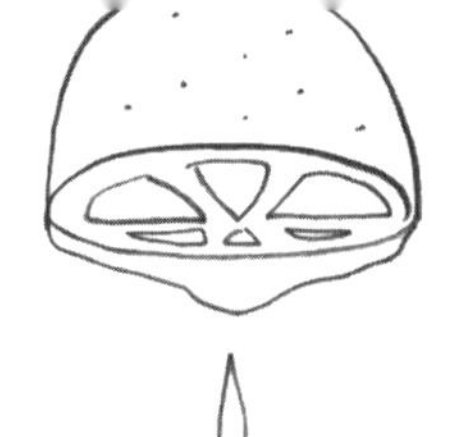

どんなに嬉しくても

サッカー部のスタメンに初めて選ばれた。

三年間の集大成となる試合に自分が出られるなんて。

「やったじゃん！」

同い年のチームメイトが祝ってくれた。

だけど今は嬉しさを表現できない。

「おいおい、もっと喜べって……」

できないよ。

俺の代わりに落とされたお前が、こんなに、こんなに泣いているのに。

青春の向こう側

高校二年生の春から五年間付き合った。
青春という言葉を聞くと、彼のことを思い出す。

仕草が可愛い人だった。
小さな違和感が積み重なって私達は別れた。

未練はないはずだけれど、
いつ結婚するとかは聞きたくないな、と思う。
凪いだ海の向こうに祈る。どうか幸せになって。
私からは遠く見えない場所で。

男の子みたいに短かった髪を肩まで伸ばした。
一人称も私になったし、大嫌いだったスカートにも
ときどき脚を通すようになった。

母も、父も、担任の先生も、
ほっとしたような顔をして喜んだ。
ああ、これが望まれた未来なんだ。

ただ親友だけが「好きな人が自殺しちゃったみたい」と
寂しげに瞳を揺らした。

親友の瞳

設定

水やりが苦手な友人が、この頃こまめに植物の世話をしている。

前はサボテンすら枯らしていたのに。

「何か変わるきっかけでもあったの？」

じょうろを手にする友人に尋ねた。

「うん。推しから鉢植えをもらったんだ」

まさかそんなことが。

確かにそれは、大事に育てるはずだ。

「という設定で育て始めたの」

花を育てている。恋心によって育つ花だ。
好きな人ができた時に芽を出し、今では深紅の花弁が光を受けている。
綺麗だった。そろそろか、と二人きりの夜に告白した。

「ごめんなさい」

謝る時まで君は優しい。

その夜は泣かなかった。
半年経っても花が枯れていないと気づいた時、
初めてぽつりと涙が落ちた。

恋心が育てる花

「別れよう」と言われて、
うっかり「ありがとう」と返しそうになった。
危ない。
それじゃ彼女との別れを望んでいたみたいだ。

冬の日、白い息を吐く彼女に「分かった」と返事をした。
それから最後のハグをして帰った。

僕の大事な試験が終わるまで別れ話は伏せておく、
そういうところが本当に好きだった。

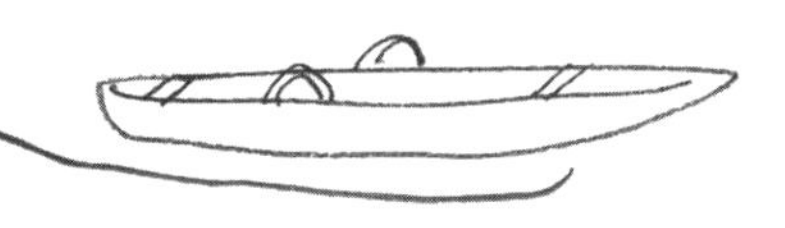

別れ話は伏せておく

会う頻度

好きだけど話すのが怖い。
そんなことを考えるくらいには、
恋という病が進行していた。

『今週末どこか行く？』

勇気を振り絞って送ったＬＩＮＥは、
二分後に返事が来た。

『先週も出かけたし、今週はいいかな』

淡白な君らしい文章に気が遠くなる。
君は週に一度でも多すぎで、私は毎日だって会いたかった。

誰か

『誰か通話しない？』

深夜、気になっている人のストーリーを見かけた。
眠れないらしい。

話せるよ、とコメントを送ると返事が来た。

『今バタバタしてて。また後で連絡するね』

気がつけば部屋に朝日が差していた。
待つ間に寝ていたようだ。
通知はゼロ。
知りもしない『誰か』を想像して、ため息が漏れた。

告白のリスク

「どうやって告白しよう」


親友は電話の向こうで延々と悩んでいる。

直接会う以外の方法で伝えたいらしい。


「ＬＩＮＥ送れば？」

「ネットに晒されるかもしれないじゃん！」

「手紙は？」

「裏で回し読みされるかも」


親友は声を震わせる。

私は大きなため息をついた。


「そんなやつに告白しようとしてんの？」

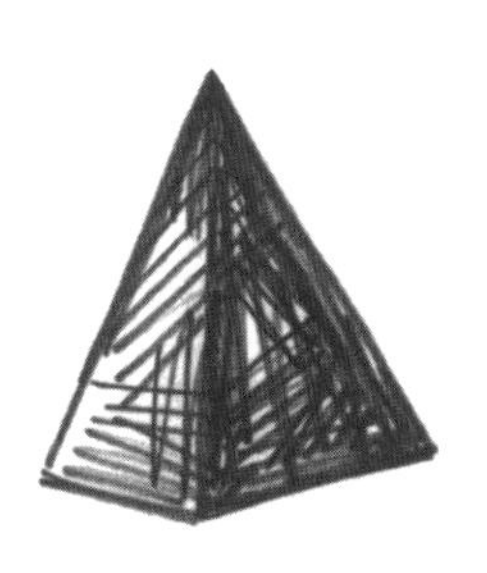

手料理への反応

手料理の写真をＳＮＳに上げると、
君がいつもいいねしてくれる。
空や海の写真には反応しないのに。
それに気づいてからは、君からのいいねが欲しくて
料理するたびに写真を撮って投稿した。

けれど社会人になって数年経ち、
料理の写真はあまり上げなくなった。
今は「美味しいよ」と君が笑いかけてくれる。

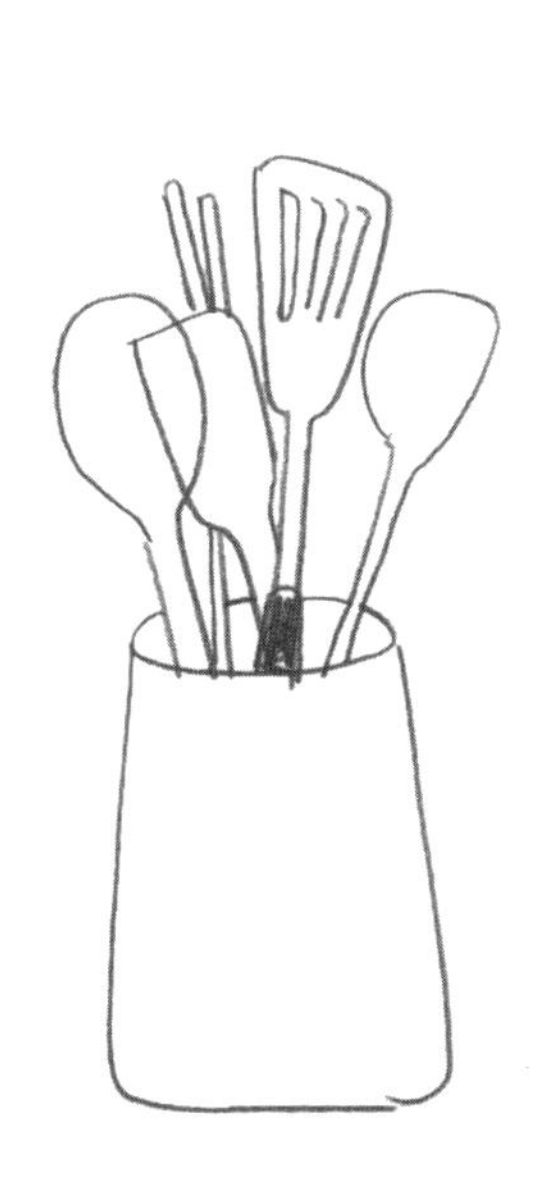

「水族館、よく来るんですか？」

薄暗い館内でクラゲを見ている先輩に尋ねた。
ボーッとしていて掴みどころがない人だ。
まあ、そこも好きだけど。先輩は首を横に振った。

「いや全然。本当に必要な時だけ」
「そ、そうですか」

分からない。どんな顔をすればいい？
確かに先週、水族館が好きと話したけれど。

本当に必要な時

親身になって

今夜、大好きな君に告白する。
スマホのメモアプリに伝えたい言葉を並べた。

『本当は、ずっと前から……』

思い出が溢れる。出会った頃のこと。何度も君の相談に乗ったこと。
書き終えた時、君からＬＩＮＥがきた。

『おかげさまで元彼とよりを戻せたよ』

涙で視界が滲む。
ああ、君からの相談を受けすぎた。

「彼女ができました」

君はだいぶ舞い上がっていて、隣の暗い顔にも気づいていない。

「ほんと優しい子でさ」

「へえ」

裏では口が悪いけどね。


「夏祭りの時に好きになってくれたんだって」

それってほんの数週間前じゃん。

私は、私は。

立ち止まって目を瞑る。

私のこういうところが、駄目だったんだろうな。

こういうところ

君に好きだと言わないまま
君に好かれたい、なんて
求めすぎているのかな。

恋を知るまで私は優しかった。
君のそばにいるあの子が憎いとか、
どうして私を最優先してくれないのなんて、
一度も考えたことがなかった。

自信がなくて劣等感でいっぱいで、
布団の中で泣いてばかりの自分が情けない。

本当は知っていた。
恋が私を変えたんじゃなくて、
恋が私の弱さに光を当てただけだと。

恋で私は変わらない

友達には戻れない

友達には戻れなかった。
べつに、ひどい別れ方をした訳ではなかったけれど。

「……あ」

久々にすれ違った君は気まずそうな顔。
廊下はしんとしていた。

「なんだ、元気そうじゃん」

わざと茶化すように言い残して駆けた。
角を曲がり、階段をおりて、おりて、涙をふいた。
戻れないや、君はあまりにも特別で。

これから君に嫌われる

苦しい恋になるって、自分が一番よく分かっていた。

「好きとか言われるの、嫌なんだよね」

自転車を押す君の隣で、気にしていないふりをして笑う。

「ほう。モテる人は言うことが違いますね」

夕日が沈む間際、通学路は赤く色づく。

「私さ、ずっと前からね」

すう、と息を吸う。

私はこれから君に嫌われる。

憧れの部長に手作りのクッキーを渡した。
仲間思いで誰にでも優しい人だ。
一枚摘んだ部長は美味しいよ、と笑った。

「他のメンバーにもあげるの？」

「はい」

「気に入ったから全部ほしいな……なんて」


そ、それって。ドキドキしつつ残りを全部渡した。

家に帰って試作を食べると、悶絶するほどまずかった。

仲間思いで優しい部長

好きな人のアカウント

「好きな人のSNSアカウント見つけてからショックで立ち直れない」

友人は死んだ目でカップの中のコーヒーを見つめている。
昨日まではルンルンで妄想話をしていたというのに。

「変な性癖を見つけちゃったとか？」

よくある話だ。
しかし友人は力なく首を横に振った。

「私と比べてあまりにも健全で……」

部活のメンバー全員から無視されている。
だけど根っからの悪人ではないらしい。
部活終わり、私のロッカーに折り畳まれた紙が
入っているのを見つけた。

『みんなに同調してごめん。でも私だけは味方だよ』

同級生の一人からの手紙だった。
ふうとため息をつく。
これで全員からの謝罪文が出揃ってしまった。

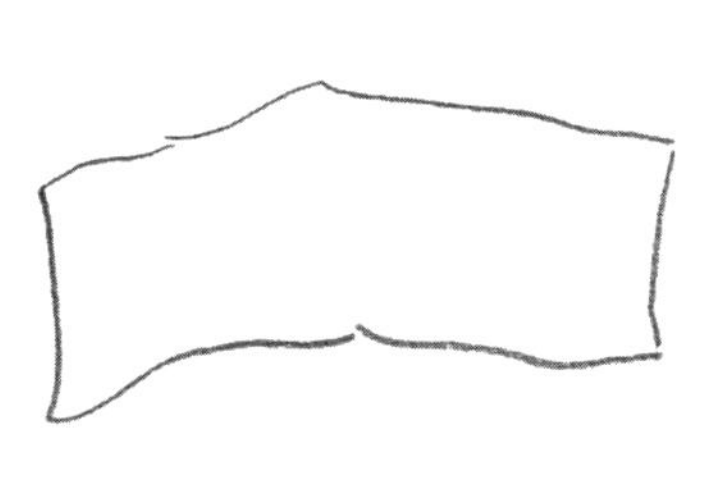

同調

初めての失恋

「先生、彼女いたの⁉」

校舎の外階段で、
担任の先生が彼女らしき人と電話している姿を見かけた。

「数学以外に興味あったの⁉」

「失礼だな！」


普段は厳しい先生の顔が優しくて、私まで嬉しくなる。

先生を見上げて言った。


「お幸せに！」

気づくのに随分時間がかかったけれど、それが初めての失恋だった。

規則通りのリボン

苦手なタイプの子が隣の席になった。
先生にもタメ口で、校則違反の服装、
話題は彼氏や遊びのことばかり。
私とは正反対だ。
恋や遊びとは遠く、必死で勉強している。

そんなある日、彼女のテストの点数が見えてしまった。
全て私より上だった。
規則通りに結んだ胸元のリボンが、
虚しく見えて仕方なかった。

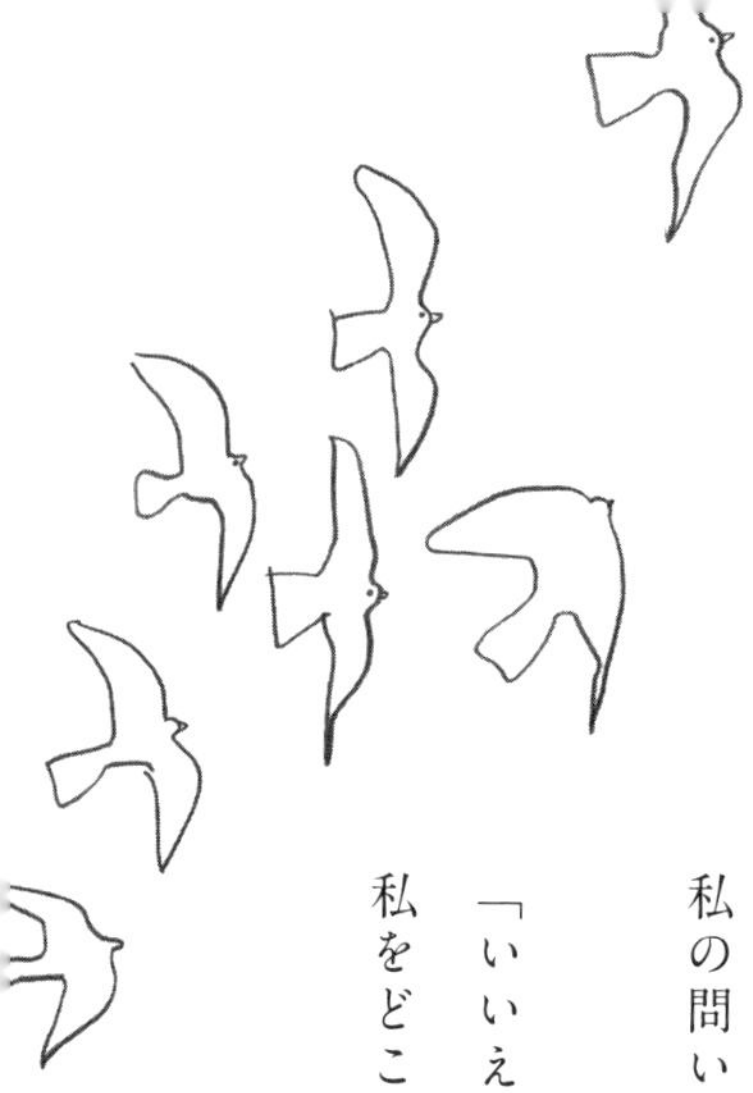

誇り高い親友

私の親友は、謙虚という
言葉とは真逆の生き方をしている。
一番は私。誰にも負けない。
事実かどうかはさておき、臆せずそう豪語するタイプだ。

「そんなにプライドが高いと、生きにくくない？」

私の問いに親友はすまし顔で答えた。

「いいえ。このプライドが、
私をどこまでも遠くに連れて行ってくれるの」

嘘をつけない時代

嘘をつけない時代になった。
装着型のデバイスを使い、いつでも生理学的反応から
虚言を見抜くことができる。
例外なく正確に。

「騙される」ことなどもうあり得ない……
という事実を知ったのは、中学生の時だった。
授業中、全身に冷や汗が滲んだ。
母はこれまで何度、
私の嘘を笑顔で受け入れたのだろうか。

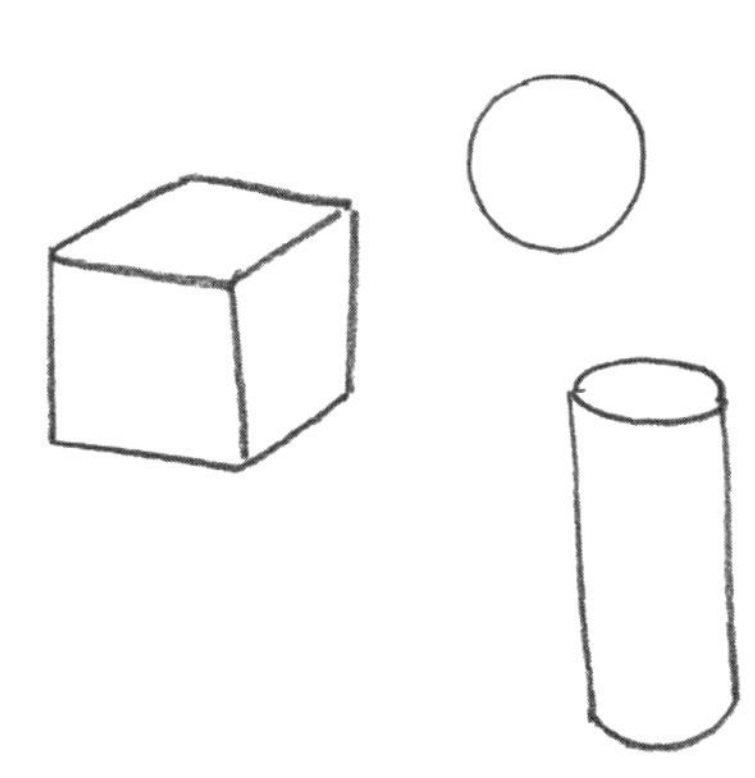

あの子と付き合う理由

好きな人に彼女ができた。

「ねえ、なんであの子と付き合ったの？」

雨の日の昼休み。
廊下で二人になった瞬間、我慢できずにそう聞いた。
プリントを抱えた君は照れもせずに答えた。

「そりゃ、告白されたからだよ。他に理由がいる？」

本当のことは言えなかった。
いるに決まってる、だって私が報われない。

私だけが知っていた

昔付き合っていた人の投稿が流れてきた。
たった今弾き語りの配信を始めたらしい。
興味本位で配信を覗いてみる。
閲覧者は一人だけのようだ。
誰が見ているかはバレないはずなのに緊張した。

「お、一人来た」

君は嬉しそうに歌い始めた。懐かしい曲だった。
サビだけ一緒に歌った。
誰にも知られないままで。

人工甘味料みたいな恋

いつも自分からだ。
人工甘味料みたいな恋だと思った。

「誕生日、ここ行こうよ」
「いいよ」

その言葉に安心して、同時にがっかりする。

「今週末出かけたいな」
「いいよ」

彼は優しい。いつでも頷いてくれる。
けれど夜の窓辺で考えてしまう。
この恋は、この関係は、私が手を止めたらきっと途切れてしまう。

「好き」と「可愛い」を溢れるほどくれる人だった。
文字でも、電話でも、二人で過ごす休日の中でも。
私に可愛いなんて言うのは今までは両親だけだった。

『可愛いね』

トーク履歴に残る君の言葉が新鮮で、
少し恥ずかしくて、死ぬほど嬉しくて。
全てをくれた。
「付き合おう」という一言以外は、なんでも。

約束以外の全て

一番の友達で

いられる。

好きとさえ、

言わなければ。

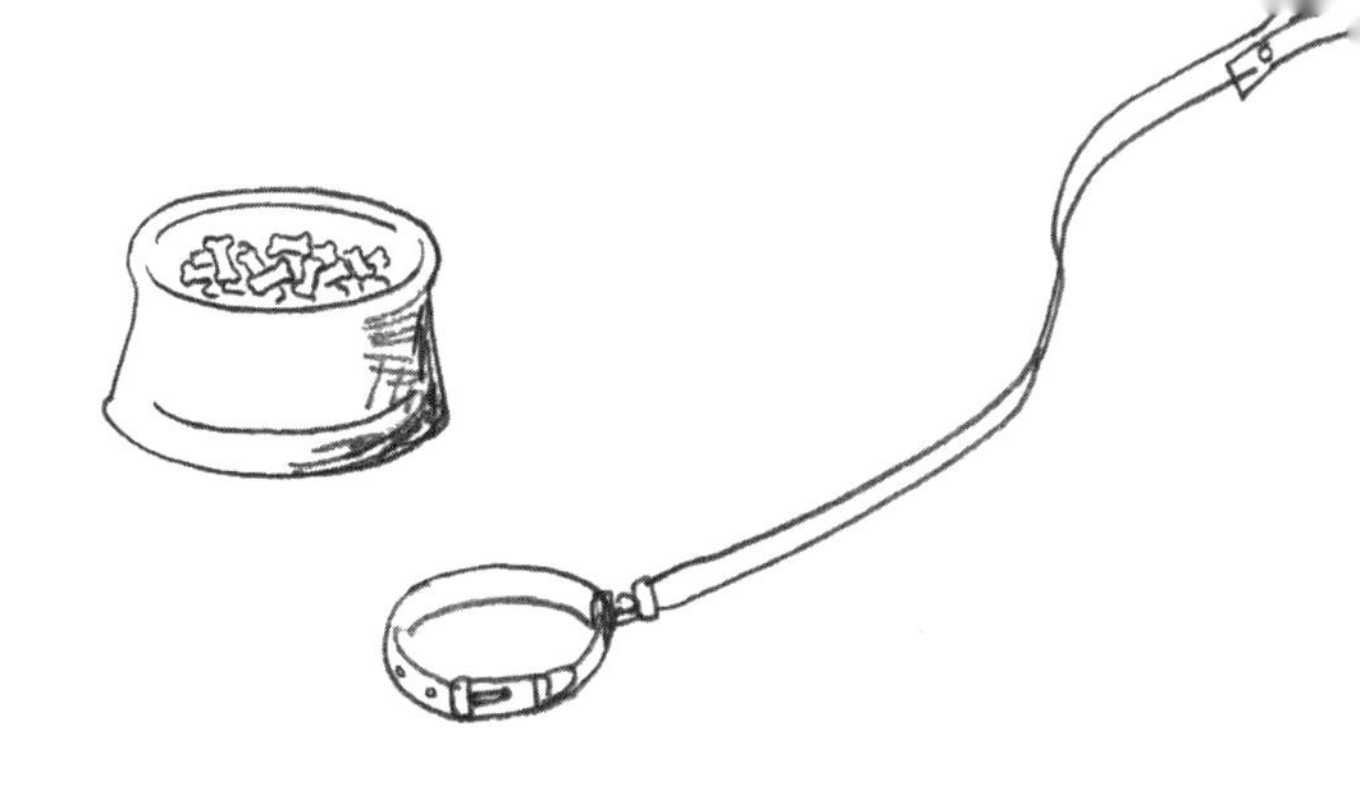

彼が運命の人なら

優しくてつらい。
彼氏よりたくさん連絡をくれる同僚も。
新しい服を着ると似合いますねと褒めてくれる後輩も。

付き合って五年、同棲して二年。
食事中すら話さない二人の部屋で、
彼はスマホばかり見ている。
けれどまだ好きだった。

人の視野は広すぎる。
彼が運命の人なら、彼以外見えなくなればいいのに。

仲直りするためには

彼と大喧嘩をした。
だけど離れられないのが同棲のつらいところだ。
夜、お互い背を向けてベッドに入る。
すると彼が肩をちょんとつついてきた。

「寝る前に仲直りしないと駄目なんだって」
「誰に聞いたの」
「この前読んだ本に書いてあった」

何言ってんだか、と笑って振り向く。
本を読むのは苦手なくせに。

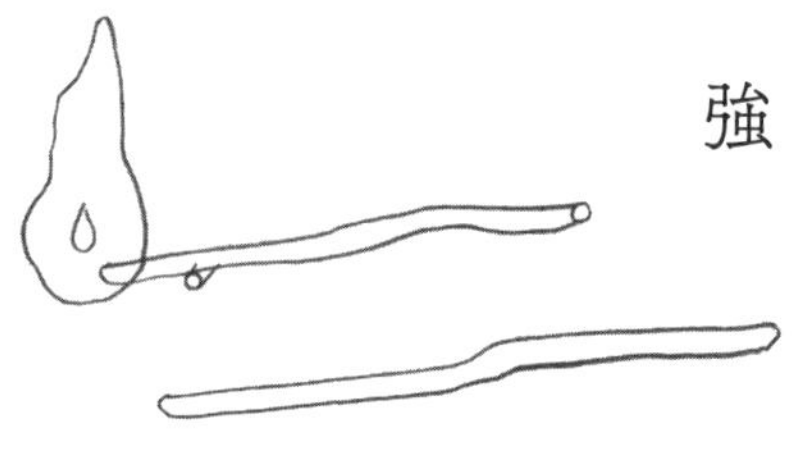

強すぎる魔法

恋人は優秀な魔法使いだ。
けれど合理的で冷めていて、何を考えているかよく分からない。
まるで片思いのようだ。

けれど彼に魔法を習ううち、それは勘違いだと気づいた。

「出かけてくるね」
「そうかい」

恋人はいつものように私に魔法をかけた。
生まれたての赤ちゃんにかけるような強い護身の魔法だった。

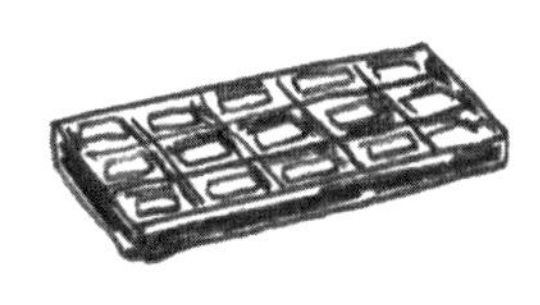

「おまたせ」

その声に顔を上げると、こちらへ駆け寄ってくる彼女が見えた。

今日着ている服は初めて見る。

「その服、可愛いね」

「ん、何?」


喧騒のせいで聞こえなかったのか、彼女は首を傾げた。

「可愛いよって」

「え?」

「だから……」


耳を寄せる彼女がニコニコしていて、また騙されたのだと気づいた。

耳の遠い彼女

陽だまり

目の前に陽だまりが見えた。
花が咲きベンチがある、小さな休憩所のようだ。
このところ仕事続きで、
ちょうど休みたい気分だったから助かった。

近所にこんな素敵な場所があったなんて。
陽だまりに近づこうとすると、後ろから誰かに手を引かれた。

「危ない！」

我に返ると、目の前にあったのは線路だった。

聴きたいメロディー

周りは皆、私の恋人を絶賛する。
彼は優れた感性を持つミュージシャンだった。
『すごい人だね』とメッセージを受け取るたび、一人で涙した。
好きな人の素敵なところは、
私が一番よく知っていたいのに。

彼の指が愛用のフェンダーに触れる時、
不安になりながらメロディーを想像する。
私は耳が聞こえない。

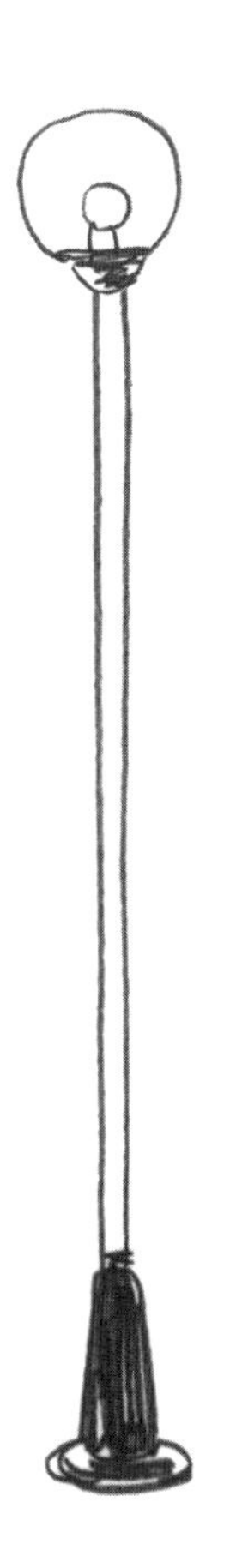

ずっと好きだった人に恋人ができた。
まったく騙されたような気分だ。
恋愛には興味ないかな、といつも言っていたのに。
昔から遅刻癖があるから心配だけれど
「相手の子は気が長いから大丈夫」なんて君はいい気なものだ。
今日も「五分遅れる」と通知がくる。
まあ確かに、五年に比べれば五分なんて一瞬だ。

五年間も待てたなら

地味な嫌がらせ

喧嘩中、彼はいつも地味な嫌がらせをしてくる。

「疲れたな。そろそろ風呂に入るかね」

いつもはそんな宣言なんかしないくせに。

読書中の私はあっそう、とだけ返事をした。

しかし彼は不満なようだ。

「そこにある青いタオルを取ってくれ」

自分で取ればいいのに。我慢しきれず私は言った。

「七五調やめて」

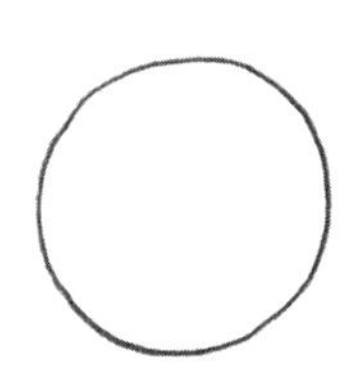

元カノと今カノ

会いに来て、と元カノから連絡が来た。

日付が変わる直前のことだった。

「ちょっと出かけてくる」

同棲中である今の彼女に声をかけると、彼女は「元カノ？」と僕に聞いた。

なんという勘の良さだ。

まあね、と頭を搔く。

「いってらっしゃい」

彼女は意外にも微笑んでいた。

「そのまま一生帰ってこないでね」

「俺が先に死んだら新しい人を見つけてよ」

夕陽が差し込む部屋で彼がボソッと言った。

すぐには返事ができず、ただその横顔を見ていた。

「他の人にとられてもいいいんだね」

嫌みたらしく返事をする大人げない自分が嫌になる。

そんな私の手を強く握り、彼は困った顔で笑った。

「嫉妬しないとは言ってない」

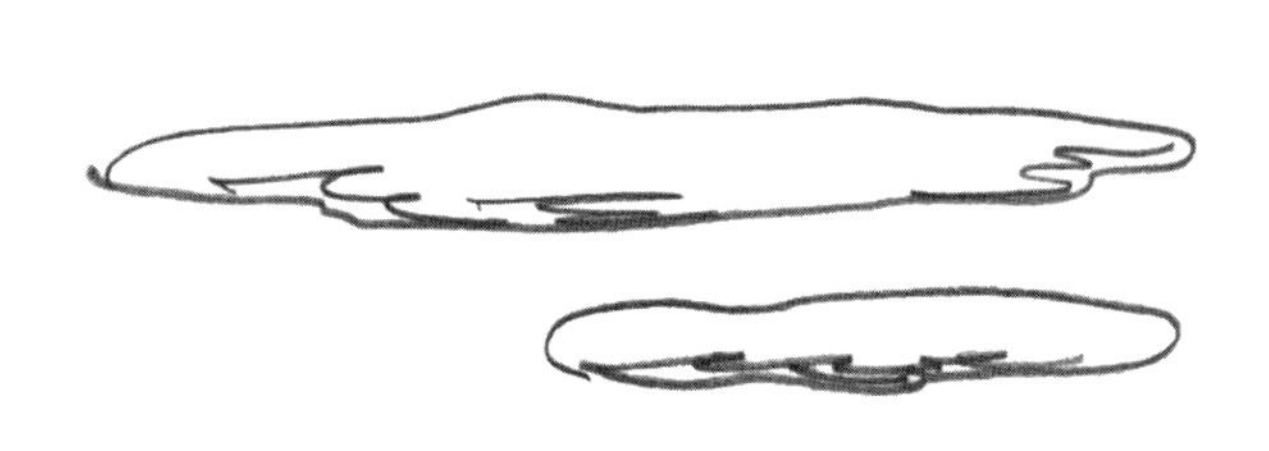

愛しているから

顔を見たら

彼女が目を合わせてくれない。
そのせいで喧嘩したまま半日が経った。
僕としてはそろそろ仲直りをしたいのに。

ソファに腰掛け、彼女は分厚い本を読み続けている。
ページを捲る音がいやに響く部屋で、僕はついに口を開いた。

「こっち見てよ」
「無理」

即答だった。

「どうして」
「顔見たら許しちゃうから」

最後は笑ってさよならをしよう

別れ話をするため、三カ月ぶりに彼女に会う。
忙しい彼女だが、東京から名古屋までわざわざ新幹線で帰ってくるそうだ。
早朝、静かな駅の改札で彼女を待つ。
新幹線が着くより早く、短いメッセージが届いた。

『最後は笑ってさよならをしよう』

僕は「そうだよな……」と頷き、服の袖で乱暴に目元を拭った。

寂しくなるね、と

言おうかな。

好きだったよの

代わりに。

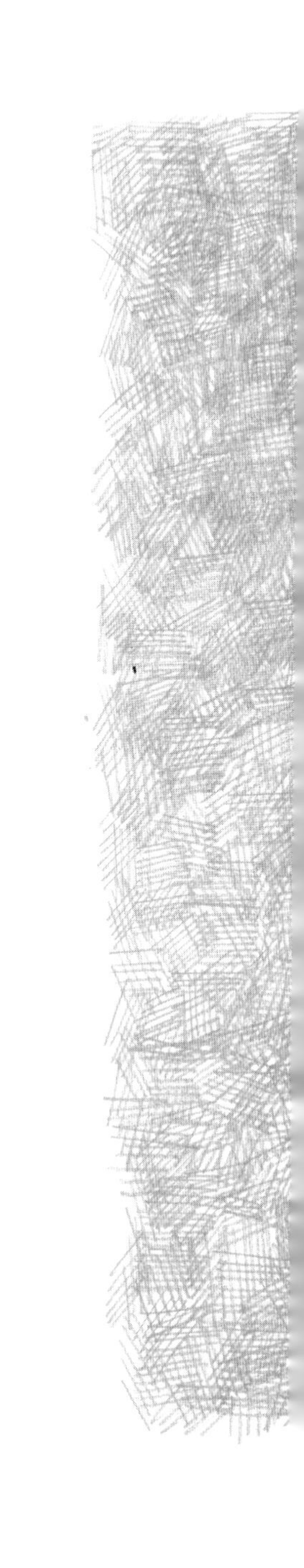

恋の歌

「誰かを好きになったら、恋の歌をたくさん聴きなさい」

古い蓄音機のある部屋でおばあちゃんは言った。
白いその指は、いつも少しひび割れた音のする
レコードを選んだ。

ああ、あの言葉の続きはなんだっけ。
思い出したのは、二十年の月日が流れた後。

「歌詞をなぞるだけで、少女の頃に飛んでいけるのよ」

大人になったのは

「大人になったと思ったのは、いつ？」

陸上をやめたあの子は俯いた。
「限界を感じたとき」

去年結婚したあの子は微笑んだ。
「恋の終わりを知ったとき」

ミニスカートを穿かなくなったあの子は遠い目をした。
「好きなものを捨てたとき」

あなたは、と聞かれて私は答えた。
「こんな質問をしたくなったとき」

些細な仕草

「私のどこを好きになったの?」

恋愛映画を観た帰り、彼女からそう聞かれた。

ふと気になったらしい。

「マスクをしてるのに、口に手を当てて欠伸するところ」

「なにそれ。嘘だぁ」

彼女は目を細めて笑った。

冗談だと思ったようだ。

本当なのに。

そういう些細な仕草が可愛く見えて、好きだと気づいたのだ。

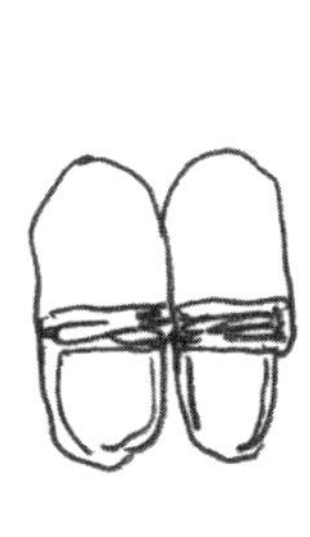

花と火

「花火って花だと思う？　火だと思う？」

彼女はたまに変なことを聞いてくる。


「火では」

僕の答えに彼女はただ頷いた。

燃える花火を見上げながら。


七月の夜だった。


「私は花に見えるな。咲いてるって言いたくなる」

彼女は変わり者だけど。

「この違いが面白いね」と笑うところが、僕はきっとずっと好きだ。

変わらない日々

「こんな日々がずっと続けばいいね」
君と二人、こたつで温まる夜。
私が口にした願いに、向かい側の君は表情を曇らせた。
振られたのは一週間後のこと。
「おかえり」の聞こえない部屋で、昔の写真を眺めた。
君にはあれが呪いの言葉のように聞こえたのだろうか。
確かに君は、誰よりも変化を好む人だった。

デート中、彼はスマホしか見ていなかった。
最後まで目は合わないまま。
電車に揺られながら、もう終わりにしようと決めた。

付き合って二年半。
楽しかった思い出を手放せなくて、
迷いながら交際を続けていた。

顔を見て笑い合えない、たったそれだけの不満だけれど。
私にとってはそれが恋の結び目だった。

恋の結び目

恋愛が趣味

恋愛が趣味みたいな高校生活だった。
放課後も週末も恋人のことで頭がいっぱいで、
時間を見つけては会いにいった。
宿題をするのも買い物もカラオケも全部一緒。
青春の全てだった。

「高校時代って何してた？」

だからそう聞かれると困ってしまう。

「勉強ばっかりしてたよ」

新しい恋人に初めて嘘をついた。

「親友が結婚するんだ」

今週末、友人は久々に帰省するらしい。
地元で結婚式に参加するために。

「嬉しそうだね」

そう指摘すると、友人はカフェのテーブルに肘をついてふにゃりと笑った。

「うん。唯一の親友だからね」

あまりに幸せそうで寂しいとは言えなかった。
私はあなたのこと、親友だって思ってた。

唯一の親友

いま砕けた恋の欠片で、
きっといつか
また怪我をする。

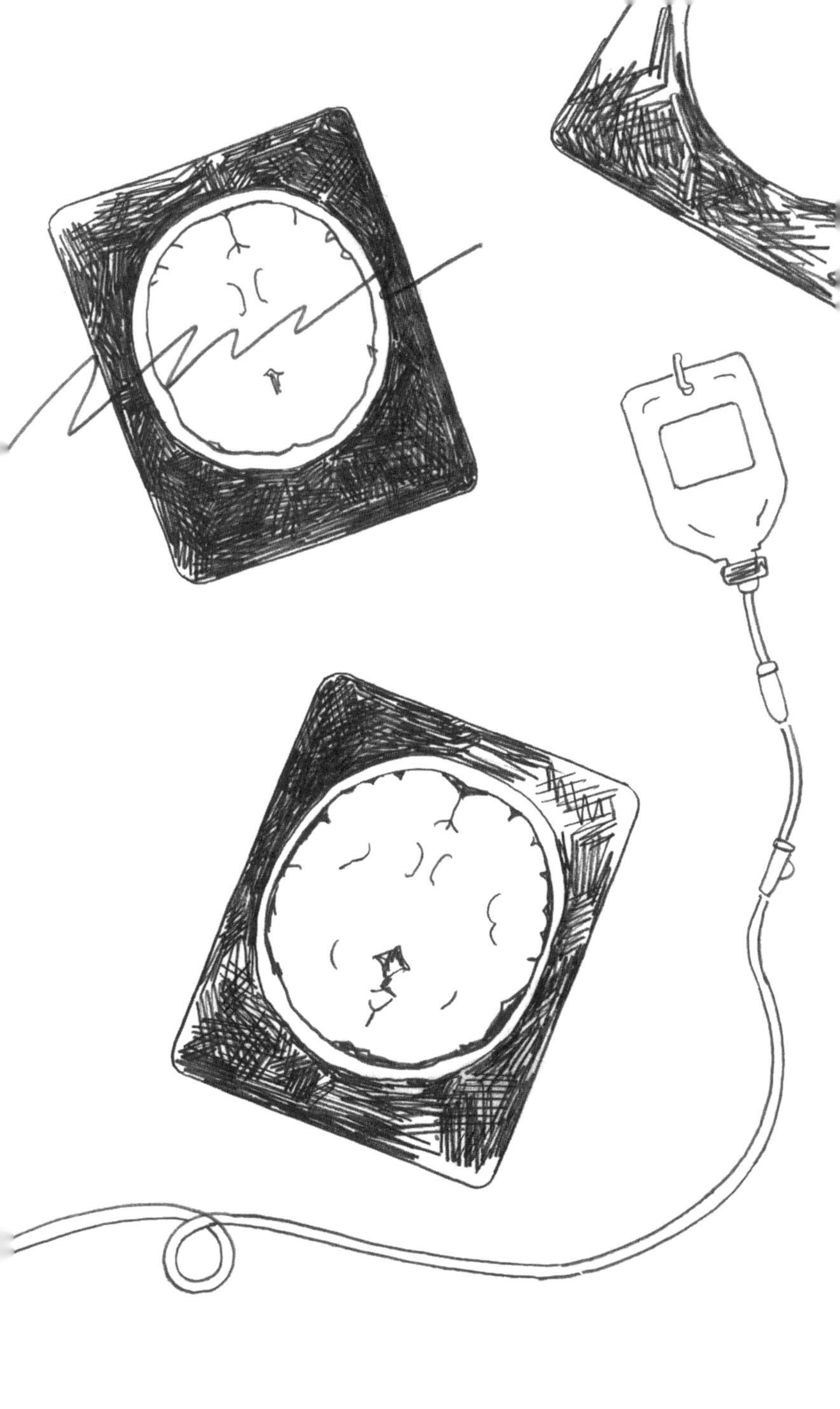

絶対に振り向かない人を好きになった。
中途半端に優しくされるから苦しくて仕方ない。
涙も涸れ、病院に足を運んだ。

「あの人のことを忘れたくて」

今は治療を受けることで特定の記憶を消せるはず。
楽になりたい。

けれど医師は「できません」と頭を振った。

「この治療は三回までしか受けられないんです」

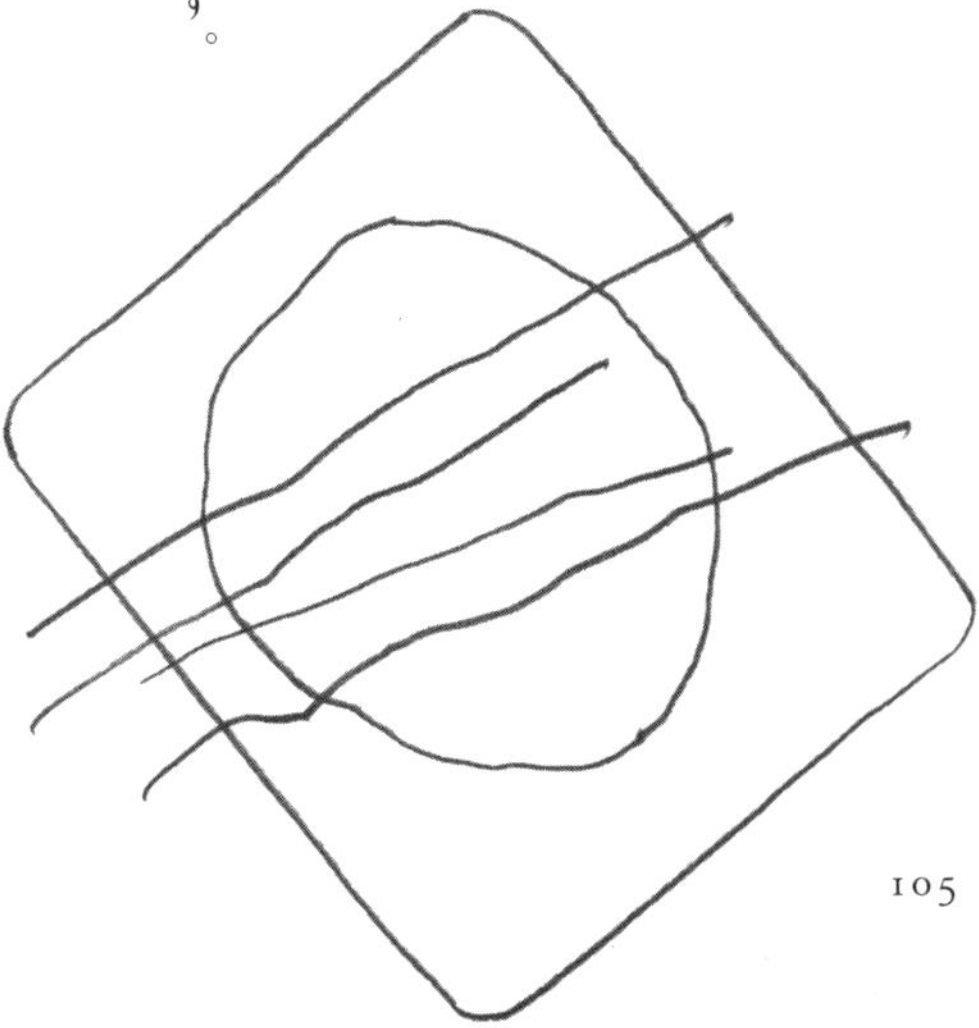

恋は巡る

電話は邪魔をする

電話が嫌いだった。
急にかかってきて、作業の邪魔になるし。
チャットならスルーしやすいのに。

冷たい雨が降る夜のこと。
田舎の母からいきなり電話がかかってきた。

「ちゃんとご飯食べてる？」

そのおかげで私は今日もご飯を食べている。
電話に邪魔をされるまで、もう生きるのをやめようかと思っていた。

人にプレゼントを贈るのが好きだ。
喜ぶ顔を想像しながら、
あちこち店を回るのはワクワクする。

だから洋服を受け取った夫が
「他に何かなかったの？」と渋い顔をした時、
悲しみよりも驚きの方が大きかった。

人にプレゼントを贈るのが好きだった。
何を贈っても喜んでくれる家族や友人に
恵まれていたから。

幸運とプレゼント

変わり者のペンギン

変わり者のペンギンは暑い夏が好きだった。
あのじわりと溶けるような橙色の太陽に憧れていた。

けれどペンギンの仲間達は「ペンギンらしくない」と
変わり者のペンギンを仲間外れにした。

変わり者のペンギンは寂しかった。
一緒に暑いところに行こうなんて言っていない。
夏が好きだ、と言っただけなのに。

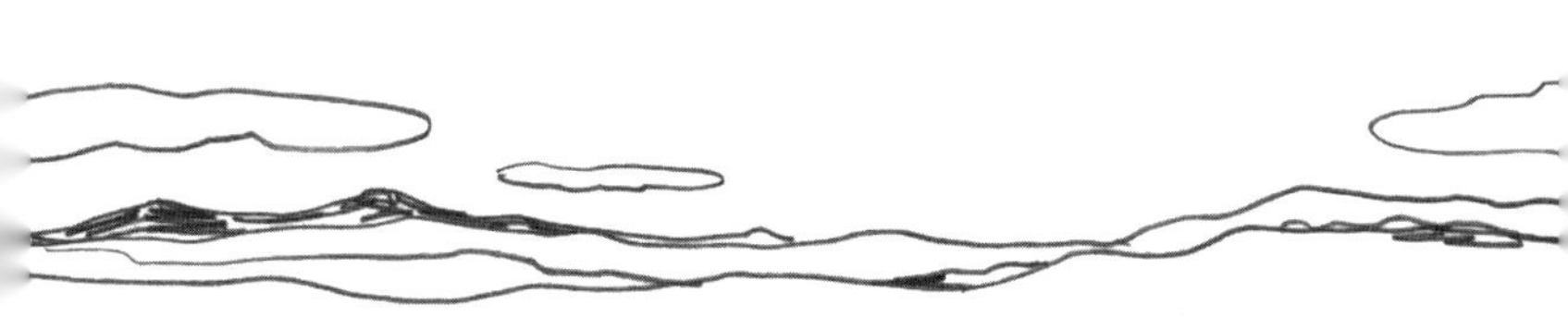

「嘘つきは泥棒の始まりよ」
それが母の口癖だった。
素直でいるといつも褒めてくれて。

そうやって生きていく、はずだったのに。

「御社が第一志望です」
「志望動機は……」
「今朝はバスが遅れて」

ついた嘘の数はもう数え切れず、スーツの下の心臓が重い。
この世界で、どうすれば綺麗に生きられただろう。

時を戻す力

時を戻す力を持っている。

一時間だけではあるが。

その力を最後に使ったのは、甲子園の決勝戦。
先輩達の努力が報われてほしくて、
逆転できるまで何度も力を使った。

三十回以上時を戻してようやく勝てた。

試合の後、尊敬してやまない部長から声をかけられた。

「どうした？　お前だけ嬉しそうじゃないけど」

ネットの友達

ネットの友達がアカウントを消した。
突然だった。
夜が明けても消えたままで、私は動揺を隠して学校に行った。

友達とはいつものように漫画の話をした。
先生のものまねで盛り上がった。

なんだ、私ちゃんと笑えるじゃん。
ただあの子がいないだけだ。
真夜中に病む私を知る人が、いなくなってしまっただけ。

友達に戻る工夫

高校時代ずっと付き合っていた彼と友達に戻った。
けれど趣味が合って、今でも時々一緒に出かける。
今週末もそうだ。

土曜の朝、私は鏡の前であれこれ悩んでいた。
いつものスカートはやめてジーンズが無難か。
髪形ももう少し手を抜こう。

ふうと息を吐いた。
困ったな。
やっぱり私達は、友達とは少し違う。

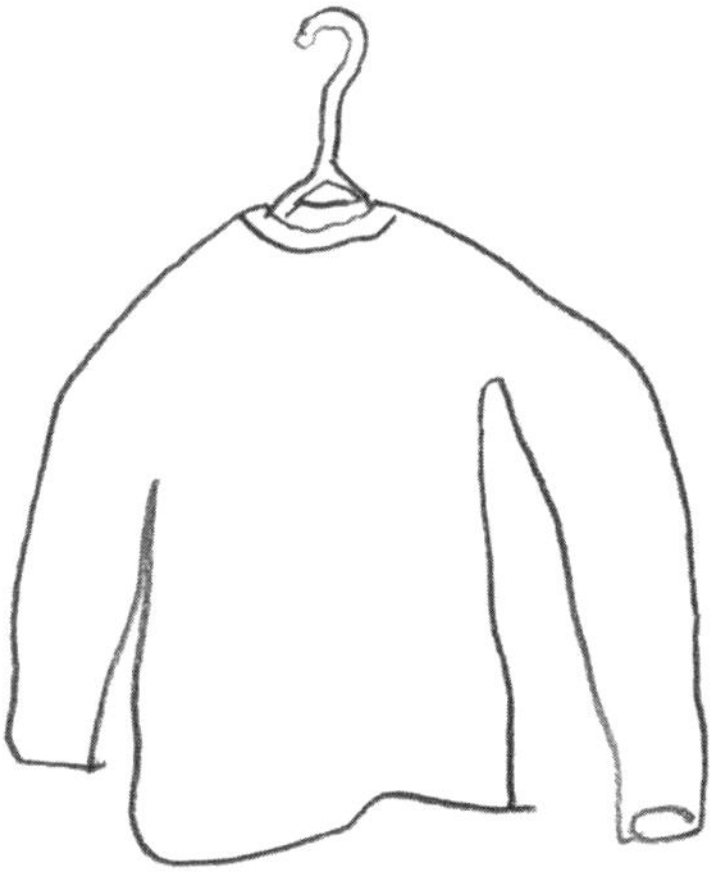

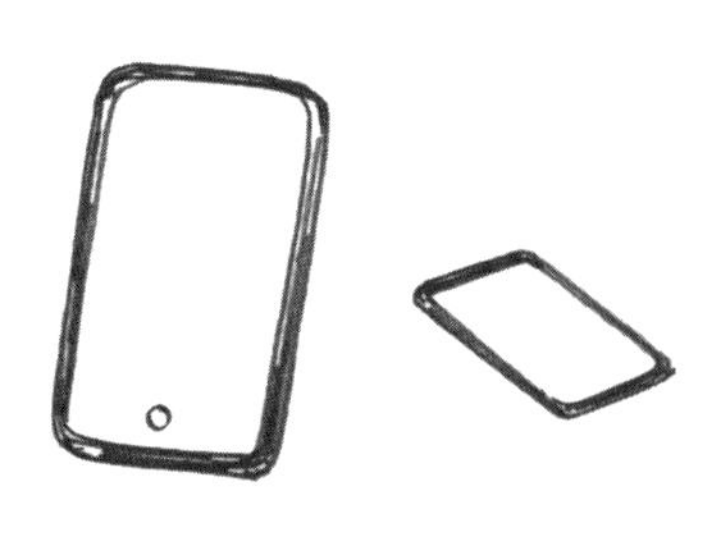

始まりと終わり

君からのＬＩＮＥで恋の始まりに気づいた。

『宿題やった？』
『昨日さあ』

他愛ないメッセージをくれることが嬉しくて仕方なかった。
他にも友達はいるのに、何度も自分に。
その事実が胸を高鳴らせた。

『おはよう』
『まだ仕事忙しい？』

なのに今は返信が億劫で。
君からのＬＩＮＥで恋の終わりに気づいた。

最後の電話は

なかなか電話を切れない二人だった。

「そっちが切ってよ」
「そっちこそ」

そんなやり取りで笑い合う夜が好きだった。

けれど季節が過ぎれば大人になる。
講義室で眠そうにしていた君は、いつの間にか変わっていた。

「今までありがとう」

最後の電話だった。
返事をする間もなく、君はあっさり電話を切った。

午前零時

望んだら、会いに来てくれますか。

そんなことを言って困らせたい恋だった。

「大人っぽくて、落ち着いてるところが好き」

それは褒め言葉という呪い。

君の理想になりたくて、何度も、何度も、甘やかな自分を殺してきた。


「今すぐ、駅前に来て」

やっと言えたのは三年後。

午前零時、君にさよならを告げずに。

僕は昔から嘘がつけない。

「見た目は別にタイプじゃないかな。性格で選んだし」

そこまで言って、さすがにまずいと気づいた。
気が強い彼女がソファの端で涙目になっている。

「ひどい。なら早く言ってよ……」

やはり嘘でも好みだと褒めるべきだったか。

「知ってたらスウェットすっぴんで過ごしてたわ！」

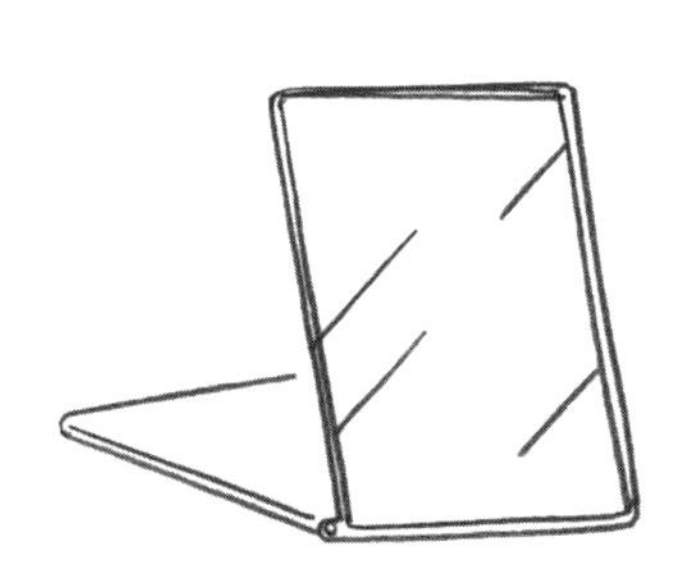

見た目はタイプじゃない

一年以上、二年未満

「私ね、付き合った記念日にはいつも地元の遊園地に行くの」

そう話す友人は、来週記念日を迎えるらしい。

買い物中も幸せそうだった。

「いいね。でも、いつも同じところだと飽きない？」

「ううん、飽きないよ」

なるほど、それが恋か。

一人納得していると、友人は続けた。

「同じ人と行くわけじゃないし」

君がどうしてるか
知りたいけれど、
今何してる？って

聞くような女の子に
なりたくない、
なんてね。

酔っちゃった

「私……酔っちゃったかも」
まだ肌寒い夜、潤んだ目で君はそう呟いた。
息も少し荒くなっているようだ。

「えっ、もう？」

人並み以上に酔いやすいとは聞いていたが、
これほどとは。
こんな時、僕はどうするべきなのだろう。
何しろ自分には経験がない。
困ったな、まだバスに乗って一分も経っていないのに。

過去なんて気にしないと決めていた。
けれど付き合ってから初めて行くデートの
予定を考えるだけで心が折れそうだ。

「どこに行きたい？」

雑誌のデートスポット特集を見せると恋人は
曖昧な表情を浮かべた。
どこも去年行ったばかりだそうだ。
都内の水族館も。箱根の温泉宿も。
密かに憧れていた場所は全部。

過去なんて気にしない

カゴの中

彼とスーパーに行った。
昔は二人で買い物というだけで心躍ったが、今ではこれが日常だ。
無口な彼は必要なものを淡々とカゴに入れていく。

「他に買うものある？」

いや、と答えると彼はすぐレジに並んだ。
分かりにくいがかなり好かれていると思う。
カゴの中には知らぬ間に私の好きなお菓子が入っていた。

初めてのお揃い

五年付き合っているけれど、ペアのものは何も持っていない。

君は恥ずかしがり屋なのだ。


けれど一つくらい、と思う。

誕生日の前日、それとなくアピールしてみた。

「何かお揃いにしてみたいね」

君は自慢げに頷く。

「まあ待ってて」


深夜十二時、渡されたのは婚約指輪だった。

「お揃いのは二人で選ぼっか」

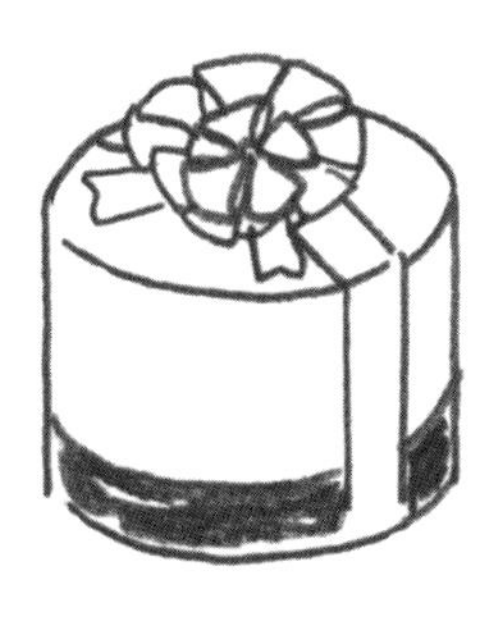

彼は写真を撮るのが好きだ。
だからすぐスマホのストレージが不足してしまう。

「要らない写真を消したら？」

私の言葉に彼は頷いた。
ポチポチと消し始めたが、ちらりと画面を見ると、
ブレた写真がいくつか残っていた。

「これ消さないの？」
「うん」

彼は写真の端を指差した。
小さく小さく私が写っていた。

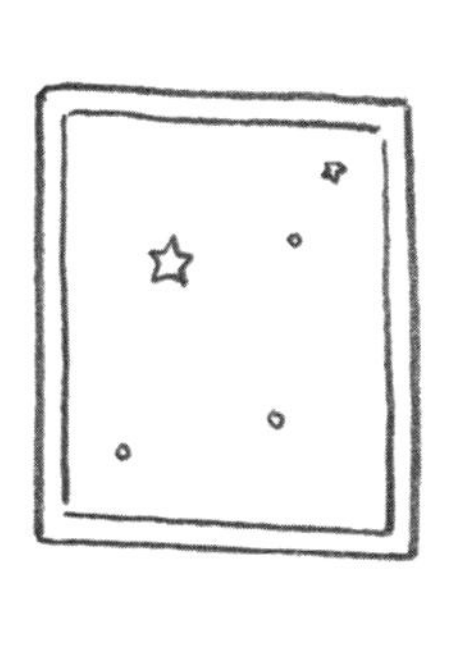

消せない写真

愛の刻印

僕達の結婚指輪には魔法がかかっている。
指輪の内側に愛する人の名前が浮かび上がる魔法だ。
僕と妻は時々、指輪を見せ合って愛を確認した。

けれどある年、妻が病気でこの世を去った。
魔法なんてなければと思う。
妻の名前は徐々に薄れていく。
妻の指輪には僕の名前が、
今もはっきりと刻まれているのに。

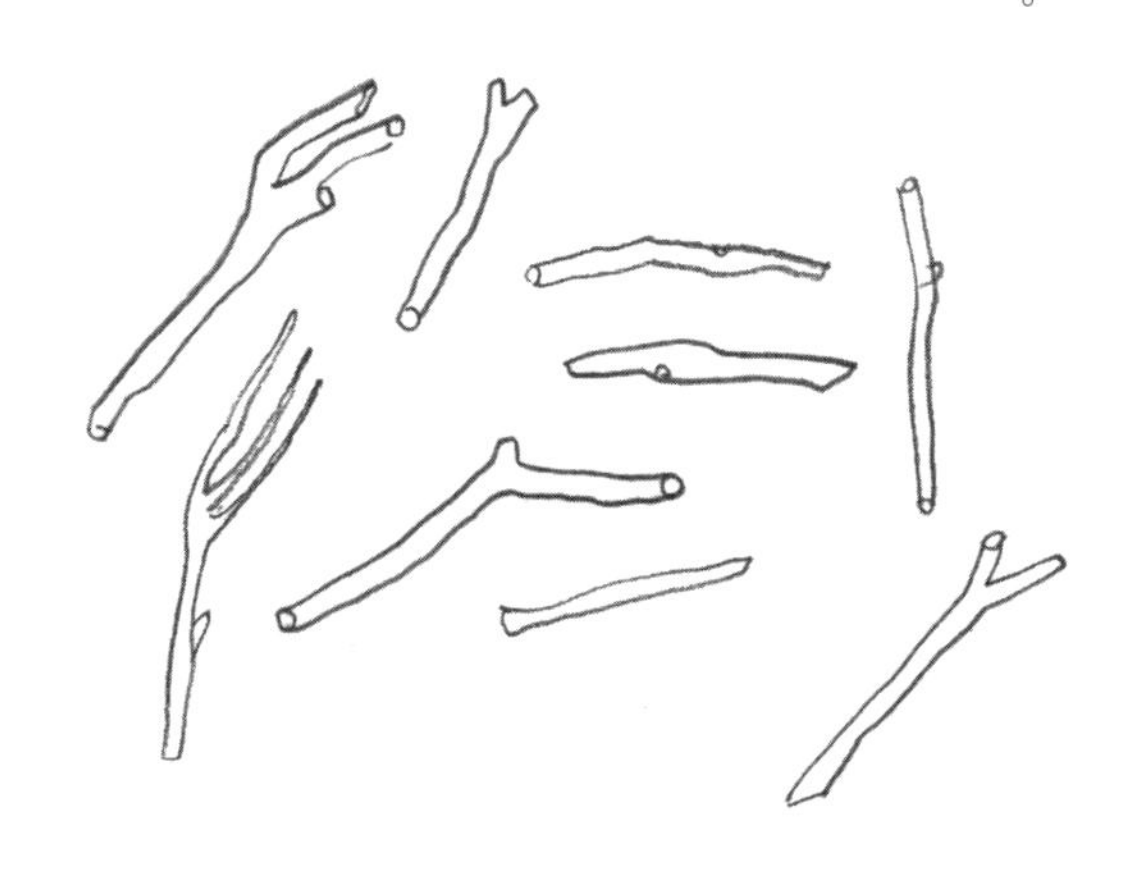

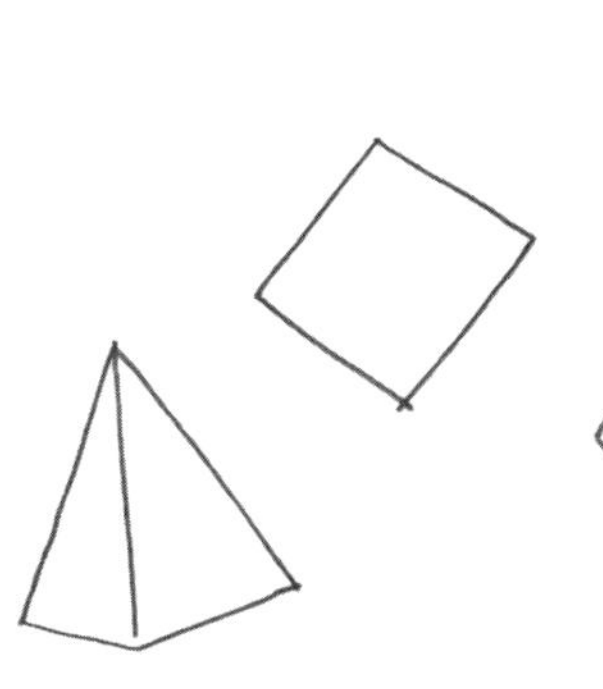

余命わずかの僕はコールドスリープを勧められた。
低温で眠ったまま、医療の発達を待つのだ。
皆にさよならを言って眠った。

目を覚ますと、そこは病室だった。
そばには見知らぬおばあさんがいた。
看護師さんかと聞いたが、違うという。
病室を出たきり見ることはなかった。
初めての恋人に、少し似ていた。

コールドスリープ

目の中の数字

時々、人の目の中に数字が見える。
それが付き合ってから別れるまでの
年数だと気づいたのは、
二十歳の時だった。
それ以来恋愛から遠ざかっていた。
付き合っても虚しくて。

そんな自分がまた恋に落ちた。
数字は見えていたけれど、それでも好きで付き合った。
共に生きようと思う。
君と素晴らしい五十年を。

僕ら魔法使いは一般人から恐れられている。
本当は皆、とても優しいのに。
村外れで迷子になっていた子どもを
両親のもとへ送り届けると
「親切な魔法使いがいるとは」と驚かれた。
僕は「当然です」と微笑んで去った。

魔法使いは皆、心に余裕があって優しい。
何かあれば一般人なんて簡単に消せるのだから。

魔法使いは優しい

あの話の続き

「転落死と焼死ってどっちが苦しいか知ってる？　実はね……」

友人は不安を煽るようなタイトルの本を掲げながら言った。

「やめてよ、そんな薄気味悪い話」

最低な友人だと思っていた、今の今までは。

炎に追い詰められたビルの十五階。

震える背中がトンと窓硝子に当たった。

お願い、あの話の続きを教えて。

誰かの盾になりたいなら、

その人よりも少しだけ

前にいなくてはいけない。

ヘアピンの忘れ物

ソファの隙間にヘアピンが挟まっていた。
パールのような飾りがついていて、どこかで見た覚えがある。
家に来た彼女に手渡すと
「そこにあったんだ！　なかなか見つからないなと思ってたの」と
喜ばれた。

なんだ、言ってくれればよかったのに。
彼女はヘアピンを指差して言った。

「で、これって誰の持ち物？」

最初は彼を先輩と呼んでいた。
あの春、私はまだ十五歳だった。
告白された後も、恥ずかしくて名前では呼べなかった。
君付けし始めたのは大学生になってから。
彼の家でよく深夜までゲームをした。
甘いニックネームで呼び始めたのもこの頃。
そして今、また違う呼び方で背を向けた彼に声をかける。

「ねえ」

呼び方

声を聞いたら

「声聞いたら安心した」

恋人は電話の向こうでふふっと笑った。
それから「今夜はよく眠れそう」と付け加えた。

涼しい風が吹く月夜だった。
遠距離恋愛を始めてしばらく経つ。
恋人の言葉が嬉しかったのに、すぐにはそうだねと頷けなかった。
声を聞いたからこそ会えない寂しさが溢れそうだとは言えなくて。

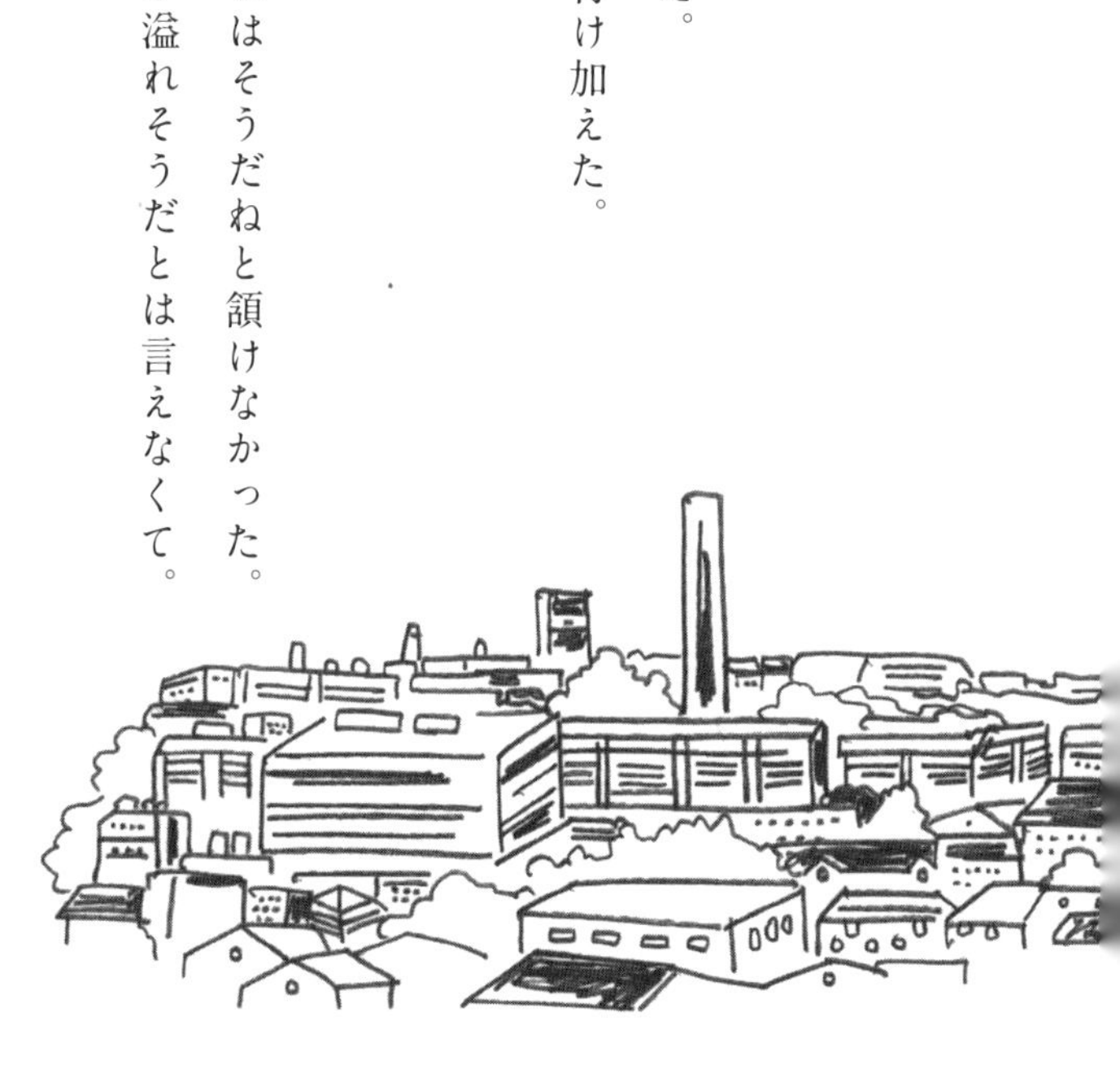

「もう嫌い」と何度も言った。
その度に彼は「はいはい」と優しく抱きしめてくれた。
温もりに包まれて安心する、そんな習性。
彼はどれだけ辛かっただろう。

雨上がりの涼しい秋の夜。明かりは煌々と
寝室を照らしているのに、目の前が真っ暗になった。
たった一度、もう好きじゃないかもと言われただけで。

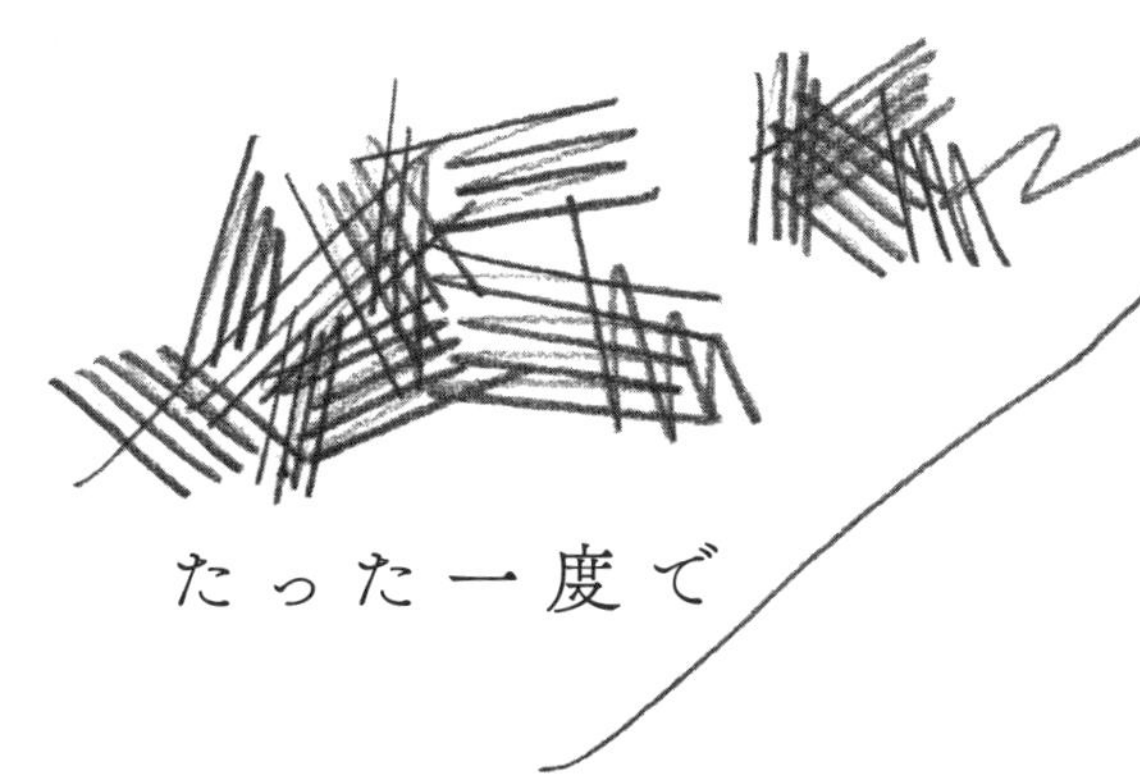

たった一度で

元カノがアイドルのオーディション番組に出演していた。
キラキラしたその笑顔が、今は懐かしい。
「今まで、人を本気で好きになったことはある?」
司会者からそう聞かれた元カノは「恋とかよく分からなくて」
と小首を傾げていた。
僕は思わず泣きそうになる。
彼女が嘘をつくときに見せる表情をしていた。

懐かしい表情

懐かしい書き方

アイドルのオーディション番組に出演した。
最初は好調だったのに、ある時ガクッと人気が落ちた。
どうやらアンチがネット上で悪い噂を広めているらしい。

けれどその後『彼女は心から真面目な人です』
と擁護する人も現れた。
その優しい文章の書き方は、
アイドルになるために別れた元彼のものに似ていた。

下の名前

間違いなく両思いだ。
そんな自信があったからショックを受けた。

「下の名前で呼び合おうよ」
「え？　それは嫌かな」

デートの後で君は渋い顔をした。
帰りのバスの中はまさに地獄。
翌日、君が友達といるところを偶然見かけた。

「彼のこと好きだけどさ」

僕の話だろうか。

「お兄ちゃんと同じ名前なんだよね」

元カノと十年ぶりに再会した。
散歩中、偶然の出来事だった。

「久しぶり。髪、長くなったね」

彼女はふふと笑った。

「生まれて初めて伸ばしたの」

確かに昔はずっと短かった。
詳しい近況報告もせず、お互い手を振った。
遠くなる背中が眩しく見える。
懐かしいな、結婚式の前には髪を伸ばすと言ってたっけ。

髪を伸ばす理由

大人になり恋をするのが上手になった。
いい人と悪い人を的確に見抜き、
短期間で距離を詰める。
初めての彼氏より二番目の彼氏の方が優しくて、
三番目の彼氏は優しい上に格好良い。

だから不器用だった頃の自分が恋しくなる。
次に付き合う人はもっと素敵かも、
なんて考えずに手を繋げる私で生きたかった。

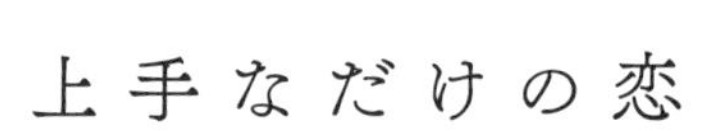

上手なだけの恋

夕映えと英名

成人式の後、国から二つの薬が届いた。
傑出した能力を得られるが短命になる薬と、
何の代償もなく寿命を延ばせる薬。
僕は恋人を呼んで言った。

「一緒に長生きしようよ」

けれど恋人は首を横に振った。

「私は別の薬にする」

恋人は百年後に見る夕映えより、
歴史に刻まれた名前の方が美しいと思う人だった。

永遠の約束

綺麗な花をもらったのが嬉しくて、彼にこう頼んだ。

「来年の誕生日もこの花をくれる？」

「いいよ。来年も、その先も」


約束した通り、彼は毎年花をくれた。

不慮の事故で亡くなるまでずっと。

誕生日の朝、寂しさで胸が苦しくなる。
ふと庭を見ると、彼が手入れをしていた花壇に一輪、
あの花が咲いていた。

義理チョコ

同窓会で初恋の人と再会した。
大人びた横顔が眩しく見える。

「中学生の頃、毎年義理チョコ渡してくれたよね。
実はあれ、すごい嬉しかった」

当時は恥ずかしくてお礼も言えなかった僕が、
今は素直な気持ちを曝け出せる。
けれど君は悲しげに目を伏せた。

「義理チョコなんて、一回も渡したことないけどね」

代わってあげたい

彼女が風邪を引いた。

いつもは手に余るほど元気だが、熱で辛そうだ。

「何かしてほしいことはある？」

彼女は涙目で答えた。

「ずっと好きでいてほしい」

「はいはい、ポカリ持ってくるね」

彼女がありがと、と笑う。愛は目に見えないとよく言うけれど。

代わってあげたい、と思うこの心もそうなんだろうか。

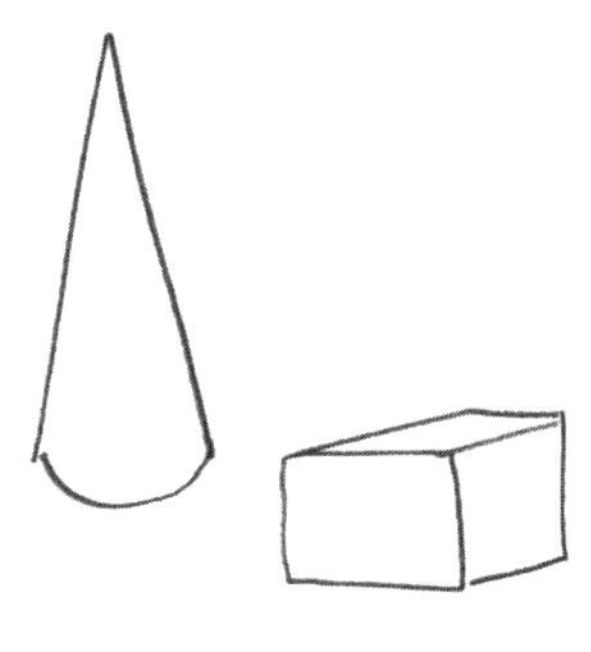

その結末が賛否両論を巻き起こしていると噂の
恋愛映画を観た。
幸福とも不幸ともとれる内容らしい。
一緒に観た二人の友人は、映画館を出てから
激論を交わしていた。

「最悪の結末だったね」
「え？　でも一応復縁はできたんだし」

それを聞きながら、なるほど映画の結末は
観客の人生観が決めるのだと思った。

映画の結末

好きなものを持っていける

昔読んだ本に書いてあった。
人は息を引き取る時、向こうの世界に一つだけ
好きなものを持っていけるらしい。
祖母の着物や叔父さんのカメラが
見つからなくなったのもそのせいだろうか。

恋人の写真を見ながらそんなことを考える。
なら僕を選ばなかった君はやっぱり優しい。
あんなに寂しがりやだったのに。

私の中には二つの人格がある。
子どもの頃からもう一人の私とは日記帳で
やりとりをしていた。
案外仲は悪くない。

けれど働き始めてから
『やっぱり一人として生きていこうよ』と
提案された。
いつかこんな日がくると思っていたが、
友人を失うようで少し寂しい。
『いいよ』と書くと、意識が遠のいていった。

二つ目の人格

大好きな人と結婚したい人

「大好きな人と結婚したい人は違うよね」

付き合って三年になる彼女が呟いた。
夜の寝室で、ポツリと。
仕事に没頭していた僕はその言葉に顔を上げた。

「急にどうしたの」

そう聞いても、彼女はただ「なんでもない」と繰り返すだけ。
頬には涙が伝っているのに。
彼女は僕に抱きついて言った。

「大好きだよ」

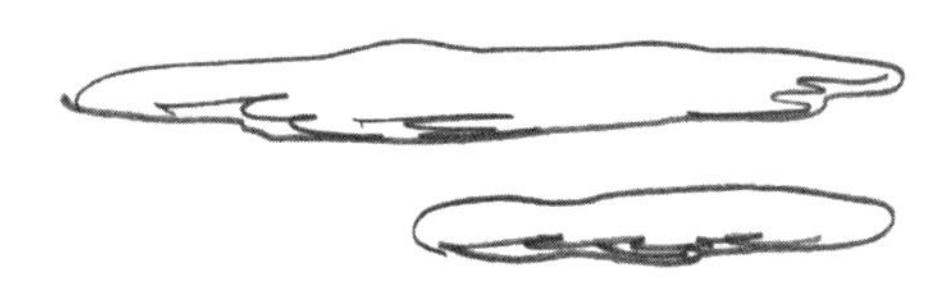

初めてのデートを再現しよう。
彼女のアイデアにいいねと返した。
当日、僕らは涼しい風が吹く公園を散歩した。
二年前に告白した場所に着くと、
彼女は急に顔を覆った。

「あの頃の気持ちを思い出そうとしたの。でも……」

夕日が沈む。
僕は今更気づいた。
昔と違って手も繋がず、会話もない二人になったと。

重ねるとずれる

彼女いないの？

匿名のアカウントを彼にフォローされた。
私だとは気づいていないようだ。
正体を明かさないまま交流していると
『会って話したいな』とＤＭで誘われた。
正直モヤッとした。
『彼女いないの？』とはっきり尋ねる。
『いるよ』という返事にホッとすると、
またメッセージが来た。
『それでもいいなら会おうよ』

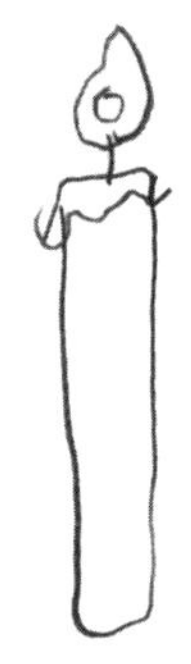

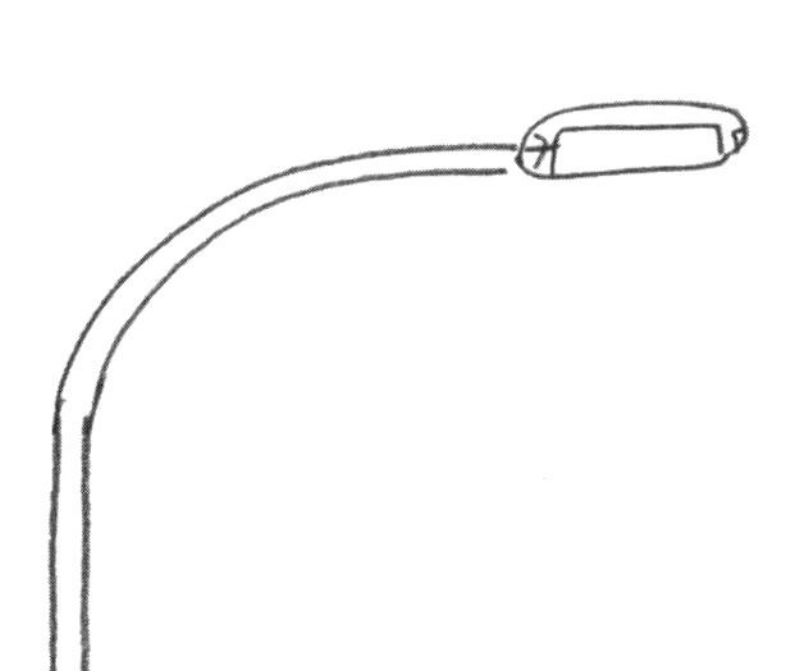

『泊まっていい？　終電なくなっちゃった』

深夜、片思いしている人からＬＩＮＥが来た。

泊まる？　うちに？　舞い上がらない訳がなかった。

ひとまず周囲を確認する。

部屋はそこそこ散らかっている。

水回りも掃除して、後は……。

考えているとまたスマホが鳴った。

『他の子がＯＫしてくれたわ。急にごめんね』

タイムレース

用がなくても、
この前会ったばかりでも、
積もる話なんかなくても、

会いたいって理由だけで
会いにいけたらいいのに。

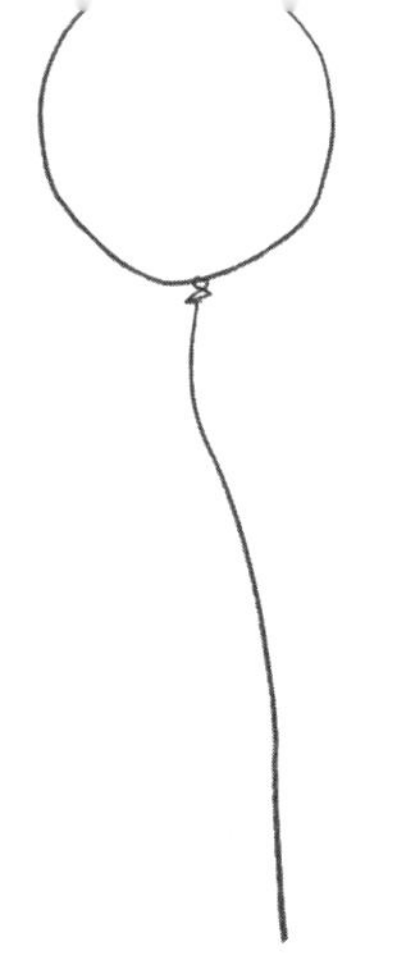

強靭な明るさ

いつも明るい友人がどうも苦手だった。
何をしても「楽しい」とはしゃぎ、
どんな映画を観ても「感動した」と泣く。
流されやすくて浅いやつだなんて考えていた。

けれど大人になって気づいた。
あいつ以外、自分も周りも居酒屋で愚痴ばかり。
暗い帰り道で思う。
こんなに簡単なんだな、気難しくなるのって。

面白い漫画

「この漫画ほんと面白いから！」

多忙な友人がある漫画を薦めてきた。
読むと仕事の疲れが吹き飛ぶらしい。

夜、どんな手に汗握る展開だろうかとワクワクして読んだが、
終始何も起こらず物足りない。
正直な感想を伝えると、友人はエッと驚いた。

「それがいいんだよ。
トラブル続きなのは仕事だけで十分！」

画家のファン

長年、陰湿な嫌がらせを受けている。
相手は匿名。
しがない画家である僕をなぜそこまで恨むのか。

ついに耐えられなくなり、犯人捜しを始めた。
すると嫌がらせをしていたのは
よく絵を買ってくれるファンだと分かった。

理由を聞くと相手は微笑んだ。

「大好きなんです。貴方が塞ぎ込んでいる時に描く絵が」

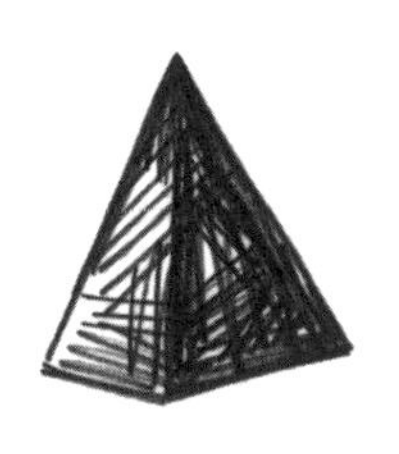
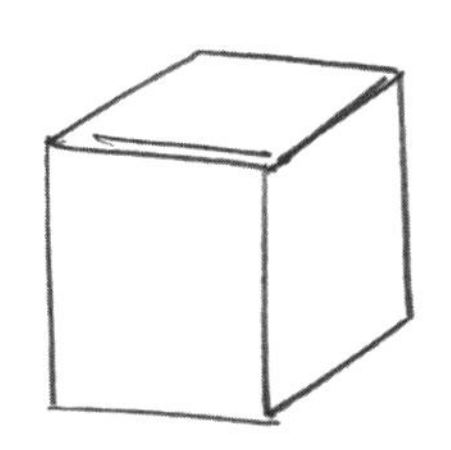

彼が事故に遭った。
身体の損傷が酷く、彼の人格は小さな人形へと
移植された。
「気分はどう」と聞けば、
顔の部分へ埋め込まれた画面に
「檻の中にいるみたい」と表示される。
応答はできるが、手足の部分は動かない。
彼の家族は人形の引き取りを断った。
音のない病室で、私もまた決められないままでいた。

檻の中

虚しさの理由

『創作やめます』

そうポストして半日、反応はゼロ。
やはり、と肩を落とす。
だからやめようと思ったのだ。
しかし別れの告知さえ見られていないとは。
アカウントは明日消そうと決めて布団を被る。
翌日、ポストには三件のいいねがついていた。
嬉しいのか悲しいのか、
自分でも分からないままで泣いていた。

自動生成

漫画を自動生成するＡＩツールを作ったら炎上した。

「漫画家の仕事を奪うな」
「こんなのは漫画じゃない」

僕が作ったのは、シナリオを読み上げるだけで
漫画を描き上げてくれるツールだった。

今やＳＮＳの通知欄は暴言で埋まっている。

病気で手が不自由になった、
元漫画家の父のために作ったものだった。

静かな幽霊

夜道を歩く女性の後ろに幽霊が見えた。
号泣する彼女を心配そうに見守っている。

「大丈夫ですか」

気になって声をかけた。
彼女は言った。

「すみません、恋人を亡くしたばかりで」

後ろの幽霊は自分を指差す。
きっとそばにいますと伝えようとした時、幽霊は人差し指を唇に当てた。
次に進んでほしいそうだ。

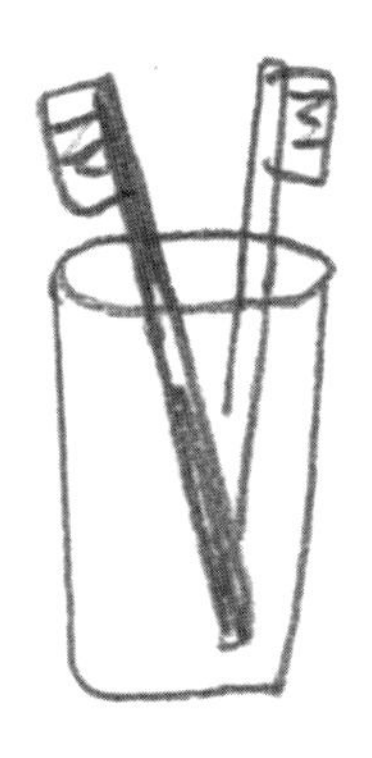

今の関係

彼女は昔、寒い時季は手を繋いでくれなかった。

「手がすごく冷えてるから……」

そんなの気にしないのに。

僕の手まで冷えそうで嫌なのだという。

けれど三年経つと色んなものが変わった。


「温めお願いします！」


彼女はニコニコしながら冷えた手を差し出した。

雪の中を二人で進む。

僕は今の関係が好きだ。

マッチングアプリと元彼

マッチングアプリで元彼を見つけた。
この写真、この文章。間違いなく彼だ。
数時間前にプロフィールを更新したらしい。

この春別れたばかりの彼は
『ドライブが好き！　今年の夏は久々に誰かと海に行きたい』
と書いていた。

へえ不思議。
海は毎年行っていたし、
夏から海外赴任だから別れようと言われたのに。

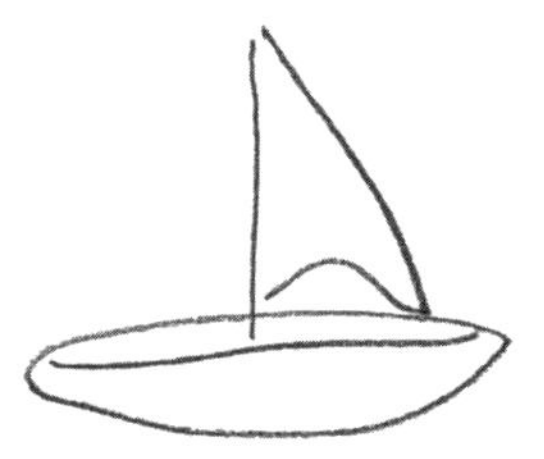

溶け出す本音

「三年も付き合うとマンネリ化するよね」

彼女はビールを片手に言った。

夜、テレビのニュースでは雪解けの映像が流れていた。

僕がそう？　と返すと、彼女は慌てて首を振る。

「ごめん。酔って変なこと言っちゃった」

その頬は赤い。

三年も付き合うと分かる。彼女は酔うと、
つい本当のことを口にしてしまう。

慎重な人

第一印象は最悪だった。
お酒に弱いのに何杯も飲むから、
特に仲良くもない私が送っていくはめになったのだ。
けれど、仲良くなったのもあの夜がきっかけだった。

付き合い始めて半年。
君は意外に慎重な人だと知った。

「飲み過ぎることは少ないんだね」

君はにこりと笑う。

「別にあの時も酔ってなかったよ」

通知が来るたびに君かなって期待しては、
ただの広告に落ち込んで。
もう騙されないぞって放置してみたら、
今度は君からのお誘いを半日もスルーしていて。
すれ違いながらの五年間。
夜、インターホンが鳴る。

「電気代を見直しませんか」

またセールスかと思ったら
「嘘。ただいま」と君の笑い声が聞こえた。

恋の通知

ありきたりな歌詞には
飽き飽きしていたのに、
いざ恋をすると
「会いたい」と
「切ない」ばかり。

一年後に離婚しよう

「一年後に離婚しよう」

妻はそう切り出した。
彼女は変わった人だ。
役者である彼女は、離婚をテーマにした映画に挑むため、実体験を得たいらしい。

僕らは大恋愛の末に結婚したのに。

一年後、妻は「離婚したくない」と号泣した。
泣き喚き、酒をあおり、
そして「こういう気持ちなのね」と満足げに笑った。

BEER
PRODUCTION
TAKE 2
SCENE
87－1
DATE

変わらないから

元彼と復縁した。

「アイスある？」
「さあ。見てくれば」

アイスを探す彼の姿は、相変わらず我が家に馴染んでいる。
適度な距離感もお互いに投げ合う軽口もあの頃のまま。
何も変わっていなくて安心した。

けれど二カ月後、私達の間にはまた心の壁ができた。
あの頃から何一つ変われていなかったからだった。

「出会いがないからモテない」と嘆く女性がいた。
魔法使いである私は、彼女に出会いが増えるよう魔法をかけた。
彼女は喜んだが、その後、また暗い顔で私に語った。

「不細工だからモテない」と。

それを聞いた私は魔法で彼女を美人にした。
今度こそ、と思ったがまた彼女は嘆いた。

「根暗だからモテない」

モテない理由

前よりずっと

もっと一緒にいたいと思って同棲を始めた。
デートの後もバイバイしなくてよくて。
寝落ち通話をする必要もなくて。
二人で買い物をする時間が幸せだ。
幸せだった。

「ねえ、今日さ」
「ごめん。眠いや」

君は背を向けて布団をかぶった。
静けさが心のヒビに染みる。
隣にいるのに、前よりずっと寂しくなった。

話したいタイミング

静かな夜だった。
『お疲れさま。寝る前にちょっと話さない？』
勇気を出して彼にメッセージを送る。
三十分経っても返事は来ない。
忘れた頃に通知音が鳴った。

『ごめん。今日は疲れてるから無理』

寂しさを飲み込んでスタンプを返す。
彼は悪くない。
疲れている時こそ話したいと思う私とは違うってだけで。

愛情と恋情

結婚して五年。
記念日の夜、子ども達が眠った後に二人で乾杯した。

「もう恋愛感情とかドキドキとかはないけど、
お互いにほのかな愛情を感じるようになったよね」

妻は結婚指輪をそっと撫でて言った。
嘘はつきたくなくて曖昧に笑った。
そうだね、としみじみ頷けたらよかった。
僕だけがまだ恋をしていた。

彼女に嫌われたかもしれない。

会っても妙によそよそしいし。

職場の飲み会でもつい暗くなってしまう。

「話聞きましょうか？」

後輩にそう言われ、僕は彼女とのあれこれを話した。

「どうしよう」


後輩は即座に答えた。

「何もしなくていいかと」

なんだ、案外大丈夫なのか。


「そうなったらもう手遅れですね」

手遅れ

いいところ

「私、料理下手だよ」

初めて泊まった彼の部屋でふいに泣けてきた。

不安で言葉が溢れてくる。

「すぐ嫉妬するよ」


彼は黙って私の手を握っている。

「ワガママだし、いいところないよ」


なのに彼はそばで笑う。

「あったじゃん、いいところ」


どうしてだろう、悪い点しか挙げてないのに。

「正直なところだよ」

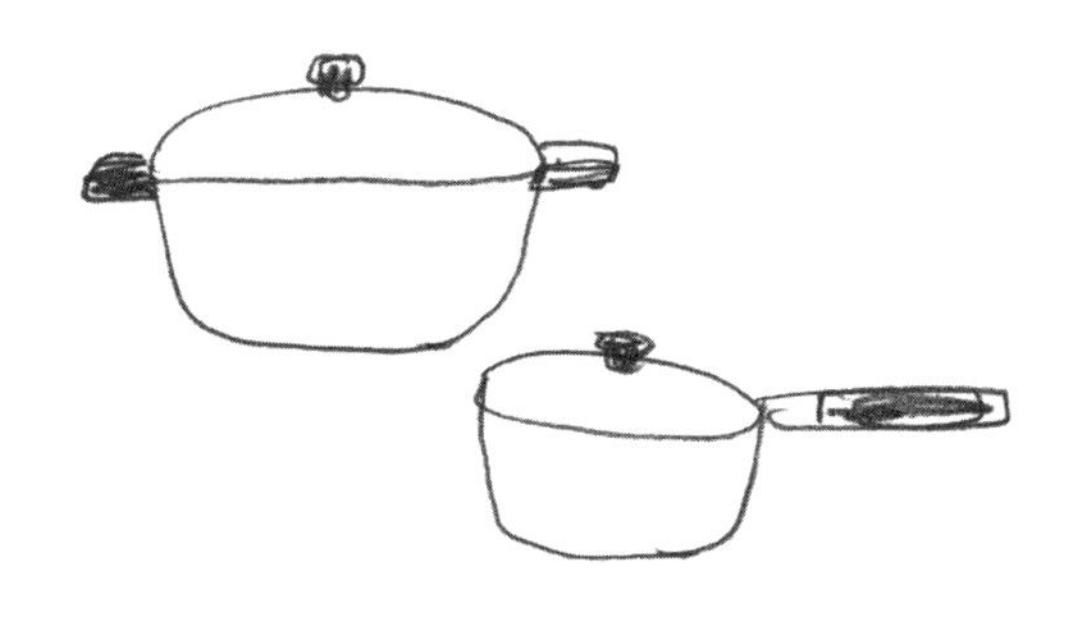

「これまでさ、いいことといっぱいあったね」

結婚前夜、彼は懐かしそうに言った。

嬉しいけれど急で戸惑う。

「旅行も楽しかったし、他も……」

「何？　遺言？」

彼は首を横に振った。

「伝えたかっただけ！」

寝る前、告白された時のことを思い出した。

確か私はこう答えた。

「私と付き合ってもいいことないよ」

いいこと

花の名の代わりに

『別れる男に、花の名を一つは教えておきなさい。
花は毎年必ず咲きます』と川端康成は書いた。

先月別れた彼女に教わったのは、
花の名ではなく暮らしの豆知識だった。

「断面が黄色いキャベツは新鮮だよ」
「ツヤのある苺は甘いよ」

だから困った。
ただ生きているだけで、何度も懐かしい声が聞こえてくる。

無言のサプライズ

もう何日も彼から返信がない。
それに既読すらつかない。
朝から視界がじわりと滲んだ。
最後のやり取りも素っ気なかった。
今日会えないの？　と責める私に、
仕事が忙しくてと返す彼。

あの日は二人の記念日だった。
深夜、彼は事故で亡くなった。
私は自分を恨んだ。
彼の横でケーキの箱が潰れていたと聞いた。

寂しさがいつまでも

消えないのは

あの強烈な寂しさは

今どこにあるだろうかと、

ついその影を

探してしまうから。

働くアンドロイド

最近、人間とアンドロイドが一緒に働く会社が増えている。

僕の取引先もそんな会社の一つだ。

打ち合わせの際、オフィスを見て驚いた。

「ぱっと見、誰がアンドロイドか分かりませんね」

取引先の担当者は答えた。

「表情で分かりますよ。無表情か笑顔か」

なるほどと頷いた。

「笑顔の方がアンドロイドです」

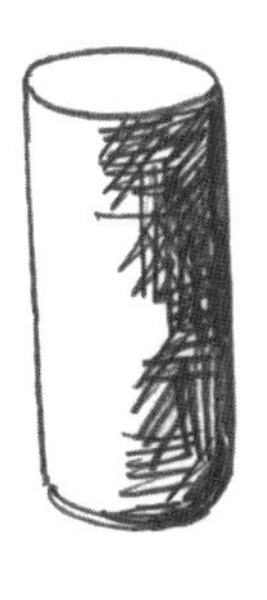

彼も私も、クリスマスは仕事。
しかも遠距離だからなおさら会えない。
彼から電話がきたのは帰宅途中のことだった。

「お疲れ」

その声を聞いただけで疲れが吹き飛んでいく。

「今帰り？」
「うん」

スマホを耳に当てて夜道を歩く。
右手、左手、右手。
着飾った街の中で、手に感じる重みを愛しく思う夜だった。

幸福な重み

冴えた答えを

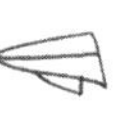

想い人から飲みに誘われた。
普段より酔っているせいか雰囲気も甘い。
互いの視線が絡み合い、やがて向こうが目を逸らした。

「告白されるかと思った」

冗談めかして言ったのに「しないよ」と
真面目に返事をされた。

「どんな計算だってできそうなくらい
頭が冴えている時の君に、
イエスって言われたいから」

彼は寡黙な人だ。
可愛いよなんて一度も言われたことがない。
けれど、彼の家族は皆明るくてお喋りだった。
二階の部屋にいても、下のリビングからはずっと笑い声が聞こえてくる。

「いつも可愛いってうるさいのに、彼女さんの前だとかっこつけてるよね！」

静かな部屋に響くその声に、
彼は頭を抱えていた。

お喋りな家族

真実は金貨次第

「奥さん、浮気してなかったですよ」

探偵事務所に来た男性は、私の言葉を聞いて安堵の表情を浮かべた。

「よかった。僕の思い過ごしだったんですね」

調査費を払い、男性は帰っていった。

事務所の窓から彼の嬉しそうな後ろ姿が見える。

奥さん、本当にいい人でしたよ。

あなたの倍、出してくれましたから。

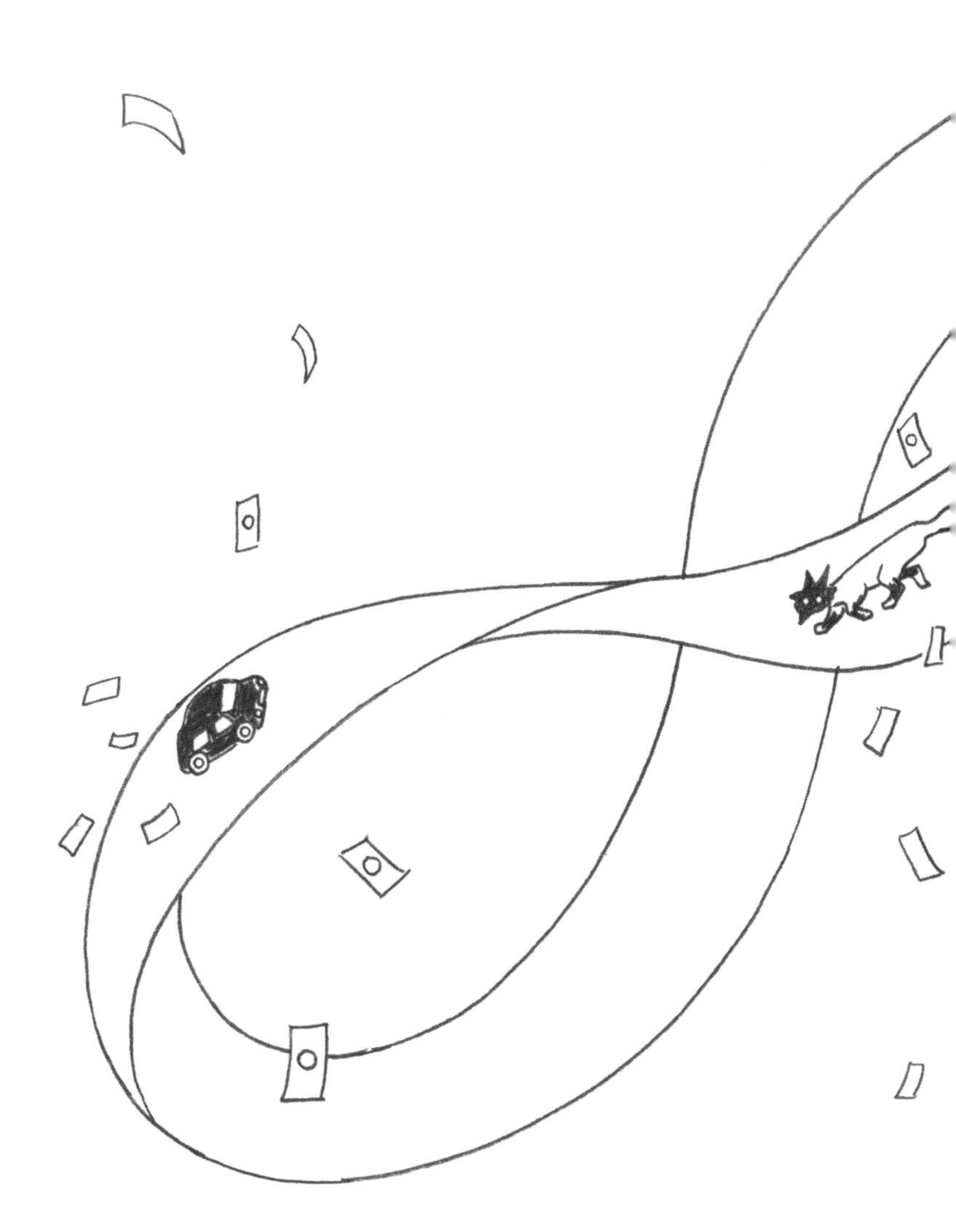

平等な先輩

先輩はすごい人だ。
どんな相手に対しても態度を変えない。社内でも、社外でも。
自分も努力しているが、上手くいかない。
気に入った相手には甘くなるし、
苦手な相手とはぎこちなくなる。

「先輩は人によって態度を変えたりしないですね。尊敬します」

先輩はニコニコして答えた。

「まあ全員嫌いだからね」

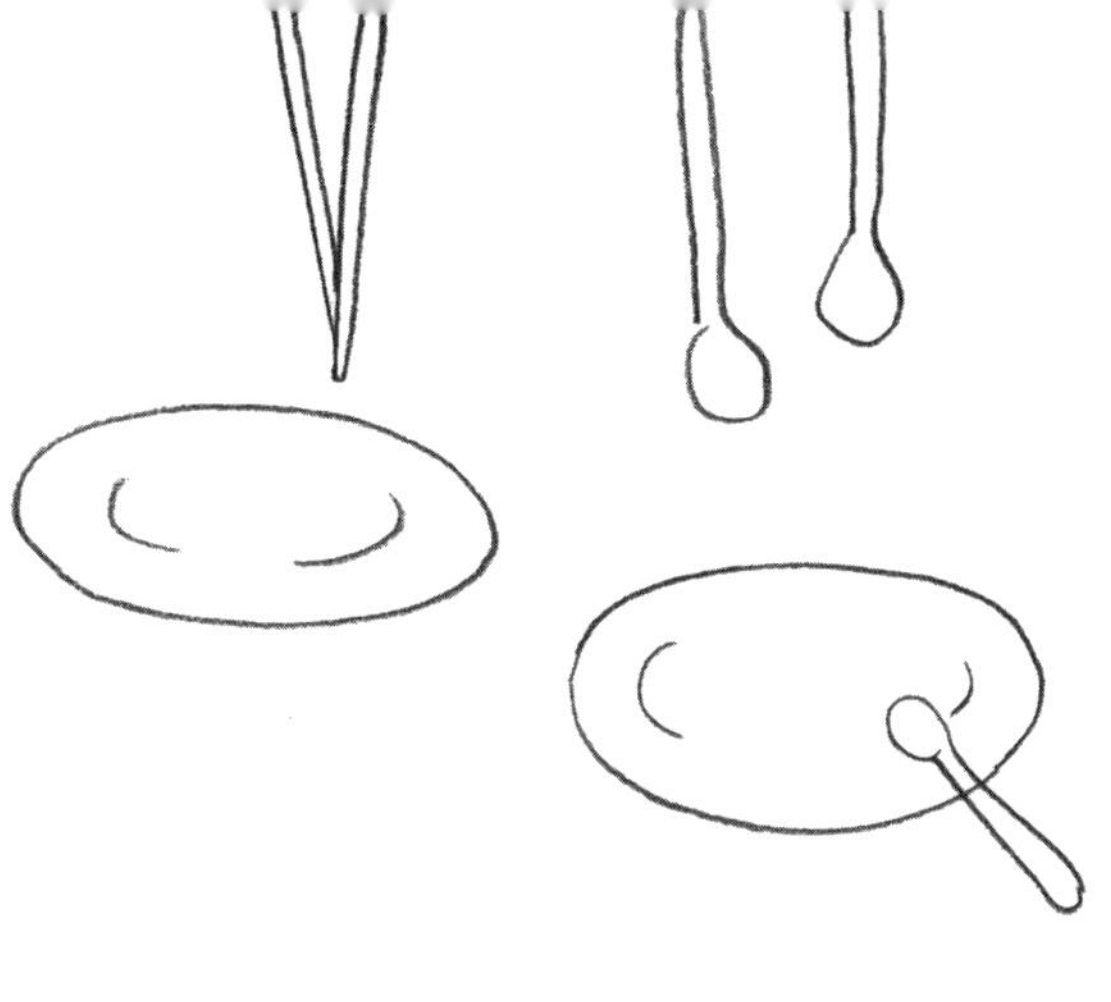

「ついでに、ご飯いきません？」

取引先の課長に誘われ、二人でレストランへ。
気難しい人だと思っていたが、
外で見る彼は爽やか。
聞けば同年代らしい。
手慣れた様子でメニューを渡してくれた。

「俺、ここのランチ好きで。
……あれ、なんで笑ってるんです？」

ちょっと可愛いなと、いつもはワタシだから。

一人称

未来映像

最近『未来映像』というアプリが人気だ。
ＡＩがユーザーのＳＮＳ等から性格を判断し、
未来を予測して映像化するらしい。

結婚前夜、不安になった私は未来映像を使用し、
三年後の映像を見た。
貧しい二人が映った。
常に家計を切り詰めている。
私はさらに悩んでしまった。
貧しくとも幸せそうに笑っていた。

最近、我が子が「優しいね」「可愛いね」と
よく声をかけてくれる。
子どもの好物を作ったとき。
お洒落をしたとき。
やりたくてやっていることだけど、
そう言われるとやっぱり嬉しくなる。
私は子どもを抱きしめた。

「どうして最近嬉しいことをたくさん言ってくれるの?」

子どもは笑った。

「ママのまね!」

まねっこ

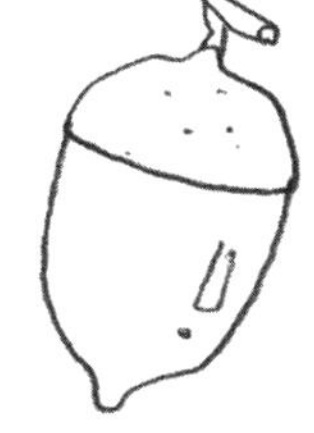

幸せなら捨てて

二十歳の誕生日、タイムカプセルを開けた。
中には十歳の私が書いた手紙が。

『未来のわたしへ。夢は叶いましたか？　幸せですか？
もしそうなら、手紙は捨てていいです。
過去はふりかえるな！』

思わず笑ってしまった。
かっこいいことを書きたい年頃だったようだ。
深夜、私は色褪せた手紙を大切にしまった。

寝る前に彼と電話をした。
まだ温まりきらない布団を肩までかけて、天井を見つめながら。

「今日は何してた？」
「朝から勉強してて……」

彼の近況を聞けるこの時間が何より幸せだ。

「じゃあ、おやすみ」

最後、彼は満足そうな声でそう言って電話を切った。
これから私の一日について話そうとしていたのに。

近況

死んだら無になると思っていた。
特別ドライなつもりはない。それを悲しいとも感じないし。

そんな自分が変わるなんて予想もしていなかった。
初夏の風が墓前の花を揺らす。
もう見られない笑顔を思い出した。

人を、愛してしまった。
思うよ。
死後の世界ってやつがあって、君にはそこで笑っていてほしいと。

君が笑っていますように

人生はあまりにも
自由だから
私達は時々

どうやって

生きていけばいいのか

分からなくなってしまう。

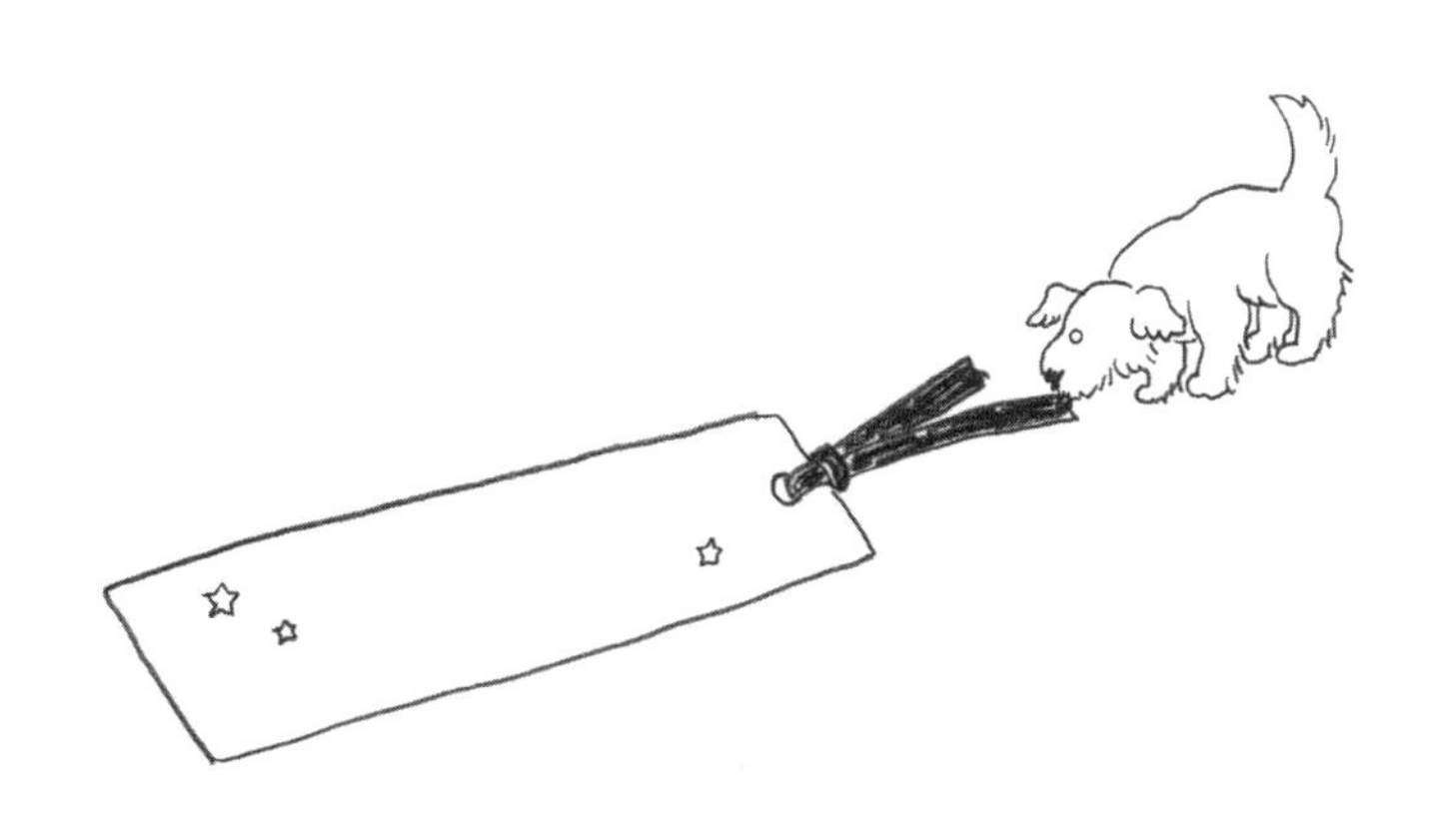

中編
式場の幽霊

私はどうやら、娘の結婚式に参列する前にあの世に行くらしい。

人より少し失敗することが多かったけれど、まあ、普通の主婦だったと思う。二十代で結婚、三十代で娘と息子が生まれ、その後離婚。四十代は家事育児と仕事に追われ、あっと言う間に過ぎていった。

料理していたら「お母さんお母さん！」と幼い娘に呼ばれ、娘の話が終わった頃に息子が転んで大号泣。息子を泣き止ませてキッチンに戻ると魚が黒焦げ……。とにかく余裕のない日々だった。家事と仕事を両立させるスーパーママには程遠い生活で、二人の子どもには寂しい思いをさせることも多々あった。

けれど物事には終わりがある。育児もそうだ。イヤイヤ期で朝から晩まで離乳食のお皿をひっくり返していた娘も、今では立派な社会人。大学生になった息子も進学と同時に実家を離れた。そして私は数十年ぶりに、これからの自分の人生について想像を膨らませることのできる時間を手にした。私は五十五歳になっていた。習い事でも始めようかと思っていた矢先に、ステージ4の乳癌にかかっていることが分かった。

「なんでお母さんなの……」

夏の夜、ベッドに横たわる私の手を取り、スーツを着た娘は幼い子どものように泣いた。

ルーズで仕事の遅い私とは違い、私の中にある癌は信じられないくらいアグレッシブだった。抗癌剤を撥ね除け、急激に膨らみ、転移に転移を重ね、瞬く間に手のつけられない状態になっていった。私は早々に抗癌剤治療から緩和ケアに切り替えた。私は二人の子どもを立派に育てたし、痛いのも怖いのもめっぽう苦手。穏やかに過ごしたいというのが一番の願いだ。けれど、娘が「来年には挙げたい」と話していた結婚式には出られそうもないことだけが、残念で仕方なかった。


「あんた、死んだぜ」

ある日、目を覚ますと身体が空に浮かんでいた。真夏の太陽が煌々と辺りを照らしているのに、不思議と暑さは感じない。キョロキョロと左右を見回していると「こっちだこっち！俺が話してんだろ！」上から声が聞こえた。顔を上げると、手のひらほどの大きさの、妖精のような何かが飛んでいた。黒い羽に悪そうな目つき。小さな身体で腕を組んでこちらを見下ろしている。

「あらあら、ごめんなさいね。どなたかしら」

「俺はまあ、天の使いってやつだ。あんたをあの世まで案内するために迎えに来た」

「あらそう、天使さん……じゃあ私、本当に死んじゃったのね」

ふと下を見ると、住み慣れた町が見えた。今はお昼のようだ。小さな公園のベンチではサラリーマンがコンビニのおにぎりを食べており、小学校の校庭では子ども達がボールで遊んでいる。いつも通りののどかな景色だった。自分一人いなくなっても世界が変わらないことが、少し寂しくて、少し安心した。

「そうそう。あんたはついさっき死んだんだ。寝てる間に事切れたのさ。ま、ちっとばかり他よりも早く死んじまったが、こればっかりは仕方ねぇ」

黒い羽の天使は自分で言ったことにうんうんと頷く。それから私の目をまっすぐ見て言った。

「早速だが、〝五秒の奇跡〟について説明するからよく聞きな」

「〝五秒の奇跡〟?」

聞いたことのない言葉に私は首を傾げた。

「あんたみたいに、平均寿命より早く死んじまった人間に対する、天からの情けってやつだ。好きなタイミングで五秒だけこの世界に姿を現すことができる。ただし、人間の姿にはなれねえ。死んだやつが生きてる人間と喋るのはタブーだからな」

例えばこんな感じだ、と天使は目の前で次々とその姿を変えた。猫になり亀になり、花になり光の粒になり、最後は綺麗なメロディーになった。要するに、このように姿を変えて、もう一度あの眼下の世界に存在することが許されるらしい。けれどたった五秒で一体何ができるというのだろう。

「そうなの……。五秒もらえるのはいいけどねえ、五秒じゃ大したことはできないわね。他の人は何になっているの？」

私の問いに、天使は意地の悪そうな笑みを浮かべた。

「あーあーまたその質問だ。この国で死んだ連中はみんなそれを聞きやがるな。自分ってものがねえ」

「あなた、そんなに口が悪いと天使のお友達から嫌われちゃうわよ。気をつけなさい」

「うるせえ！　ガキ扱いすんな。……まあアレだ、大抵の人間は風やら鳥やらになりたがるな」

天使の答えに、なるほどねえと納得した。確かに風や鳥になりたい人は多そうだ。そんな歌も聞いたことがあるし。

けれど風になれると想像してもいまいち気分が高揚しない。生まれてから死ぬまで、特別な才能のない私はただただ平凡に生きてきた。今はもう死んでしまって、せっかく一度きりの機会がもらえるのだから、何かこうバーンと派手な何かになりたいものだ。

「風だの鳥だのは地味よねえ。どうしようかしら、悩むわ」

せっかくならハート形の虹やオーロラになってみようかしら？　超常現象としてニュースになってしまうかも。でもピンクの象やラッパの音色も捨てがたい……。私がああでもないこうでもないと頭を悩ませていると、痺れを切らした天使が言った。

「優柔不断な人間だぜ。とりあえず〝五秒の奇跡〟をいつ使うかだけでも決めてくれ。なりたいモンは後で決めてもいい」

天使の言葉に私は即答した。

「来年の、娘の結婚式に奇跡を使いたいわ」

娘と息子、二人の子どもを育てるため、私は毎日事務の仕事をしていた。給料をもらっている以上、子どもがいるからといって仕事が格段に楽になるわけではない。繁忙期は残業で夜遅くに帰る日も少なくなかった。

だからこそ、息子より三歳年上の娘の葵は、同い年の他の子どもよりも早く「お姉さん」

になった。ならせてしまった。小学生の頃から、私の帰りが遅い時は家事をして、弟である息子の世話をしてくれるしっかり者だった。今思えば、もっと長い間、思いっきりわがままを言う甘えん坊でいさせてあげたかった。「無理に家のことをしなくていいからね」と言っても、優しい娘はいつも「私がお母さんのお手伝いをしたいってだけだから」と笑って私の隣で家事をしていた。

そんな自慢の娘が婚約者を連れてきた時は飛び上がるほど嬉しかった。ギスギスした生活の末に自分が離婚したことなんてすっかり忘れてしまうほど。

神様はきっといるのだ、と私は思った。うちに挨拶に来た葵の婚約者は優しそうな人だった。そして葵は時々、わがままを言って婚約者を困らせているらしい。

結婚式の当日、私は黒い羽の天使を連れて式場に舞い降りた。

ちなみに、結婚式まではふわふわと町の上を漂い続けた。娘や息子の家に住み着いてもよかったけれど、今は透明な身体でいくらでも盗み見ができてしまうので、なんだか悪いことをしているようで落ち着かなかった。養育費を何度も滞納した元夫の家には行く気にもならなかった。

朝、葵は式場の控室で高校時代からの親友である美香ちゃんと談笑していた。母である私がいないからだろう、式については美香ちゃんが色々とサポートをしてくれているらしい。ありがたいことだ。

私が生きていたら、きっと葵のドレスを一緒に選んだだろう。ずらりと並ぶドレスを前に、裾の形はこれがいい、この小物が似合いそうだと色々と意見しただろう。そして葵が「もう。お母さん、センスが古いんだから」といつものように呆れた顔をするのだ。

今、「おめでとう。綺麗よ」と言って、真っ白なドレスを着た愛娘を抱きしめてあげられないことが、ただただ切なかった。

笑顔で美香ちゃんと話していた葵は、挙式の時間が近づくと、ふっと表情を曇らせた。

「私さ、本当は結婚式したくなかったんだ」

美香ちゃんは「なんでぇ⁉」と口を開けた。その隣で、私も同じくらい驚いていた。

「自分が主役になって目立つとか、正直苦手でさ……。それに、お父さんも弟も無口な方だから、明るい式になるかどうか不安になったりもして」でも、と葵は続けた。「それでもさ、お母さんは絶対、ワーッて両手を叩いて喜んでくれるから。こっちが恥ずかしくなるくらい、綺麗だよーって声をかけてくれる人だから。頑張って育ててくれたお母さんを喜ばせたくて式を挙げようと思ったの。ベールダウンをするのが楽しみって言ってたし」

葵は頑張って笑おうとしている時の顔をしていた。

私は顔を覆ってぼろぼろ泣いた。悔しくて、悔しくて、涙が出た。バカね私！　癌なんかに負けちゃって。我が子がこんなに心細そうな顔をしているのに、何もできないなんて。天使は号泣する私を見て「なんだよ急に、やりづれえな」と気まずそうに頭を掻いていた。

美香ちゃんも私に負けないくらい泣いていた。

「大丈夫だから、葵！　美香が、美香が……ひゃ、百人分くらい祝うから。手が吹き飛ぶくらい拍手するから！　それにね、おばちゃんも絶対、どこかで見て喜んでるから……」

「あはは。ありがと、美香。ホントにそうだったらいいな」

微笑む葵の顔を、控室の窓から差し込む光が優しく照らしていた。


挙式の直前、元夫と息子の祐希が控室に顔を出した。私と元夫は事務的な連絡をするのみの関係だったけれど、葵と元夫は定期的に会っていたようだ。あの人にも父性はあったらしい。まあ、私にとっては情の薄れた相手でも、葵にとってはたった一人の父親なのだ。

元夫はドレス姿の葵を前にして、普段よりさらに口数が少なくなっていた。養育費は滞納するくせに親として緊張はするらしい。

「おお、まあ、いいんじゃないか」

私は元夫の胸ぐらを摑んだ。当然ながら身体がすり抜けるので、全く摑めなかったけれど。

それでも怒りが治まらないから仕方ない。

「まあいいんじゃないか⁉ はあ⁉ 何よそれ！ あなた唯一の父親なんだから世界一綺麗だよ、自慢の娘だ、幸せになるんだよ、くらい言いなさいよこのヤロウ！」

「お、おい落ち着けよ。あんた死んでるんだから誰にも聞こえてねえぞ」

「知ってるわよ！ でも言わずにはいられないの！」

天使の制止を振り切り、元夫に注意し続けた。百回怒れば一回くらい聞こえないものかと願って。けれど元夫は落ち着かない様子で自分のネクタイを触ってばかりいる。

一縷の望みを抱いて、息子の祐希に「ほら、お姉ちゃんにおめでとうは⁉」と声をかけたけれど、その声が届くことはなかった。祐希は昔からマイペース。「スーツとか久々に着たわ」とぼんやり窓の外を眺めながら呟いていた。私はガックリと肩を落とした。

「私、ハリセンになろうかしら。一生に一度のことなのに気の利かないこの父親の目を覚ましてやるのよ」

天使は私と元夫を交互に見て言う。

「部外者の俺が言うのもアレだが、なんだ……あんたの娘を直接祝うために奇跡を使った方がいいんじゃねえか？」

そう言われてハッとした。感情に任せてろくでもない使い方をするところだったけれど、確かにたった一度しか起こせない〝五秒の奇跡〟は、これまで苦労をかけてきた娘のために使いたい。そうだ、一生に一度のこの式を派手に盛り上げるために使わなければ。

「あなた、いいこと言うわね。さすが天使だわ。なんだか黒いし、実は悪魔じゃないのかと思っていたんだけど」

「あんたを今すぐハリセンにしてやろうか？」


葵の結婚式は緑あふれる庭で執り行われる。今日はカラッとした晴れで、ガーデンウェディングにぴったりだ。海を望む美しい庭に椅子を並べており、真ん中には花道が、そして花道の先には祭壇がある。会場には黄色い花が随所にあしらわれていた。黄色は私が一番好きな色だった。

亡くなってしまった私に代わり、花嫁のベールダウンは元夫が担当するようだ。バージンロードを歩く前に新婦様のベールダウンをお願いしますね、とスタッフから何度も説明を受けていた。けれど緊張している夫はほとんど何も頭に入っていないようだ。ああ心配だわ、と手を揉んで遺影が飾られた席から新婦入場を見守った。

「天使さん。私、決めたわ。誓いのキスの瞬間、海にかかる大きな虹になるの。できる？」

私の隣を飛んでいる天使に声をかける。天高く響くラッパの音と迷ったけれど、虹なら写真映えもして娘も喜びそうだ。

「おお。派手でいいじゃねえか。俺に任せとけ」

自信満々な天使の答えに私は安心した。これでようやく、地味で平凡だった私の人生の最後を、いや死後を、華やかに彩ることができそうだ。

いよいよ式が始まる。音楽と共に、葵と元夫が会場に歩いてきた。

葵は笑みを浮かべ参列者に向かって手を振っていた。たっぷりとした裾の純白のドレスは、自然豊かな明るい式場によく映える。幸せそうな葵を見て胸がいっぱいになった。

「本当に結婚するのね。ああ、ちょっと前まで両手で抱えられるくらい小さかったのに」

嘘つけ昔の話だろ、と天使は鼻で笑っていた。

葵と元夫は、白いカーペットが敷かれたバージンロードの前に立った。会場に流れていた音楽のボリュームが下がり、参列者は皆、二人に注目していた。予定通りなら、このタイミングで私の代わりに元夫がベールダウンを行うはずだ。けれど緊張でガチガチになっている元夫は完全に段取りを忘れてしまったらしい。「お父さん、ベール」と葵が小声で囁いているのに「ん？　ん？」と何を言われているかいまいち分かっていないようだ。トラブルだろうか、参列者がざわざわし始める。

葵はぎゅっと口元に力を入れた。それは幼い頃から変わらない、泣き出す前のサインだった。

「天使さん、やっぱりさっきのはナシ！　私を風か鳥にしてちょうだい！」

私は早口で叫んだ。それを聞いた天使は首を捻る。

「いいのか？　そんなもん地味だとか言ってただろ」

「いいの！　ほら早く」

その瞬間、私の身体は小さな鳥に変化した。翼の色は黄色。私は翼をはためかせ、まっすぐに飛んだ。たった五秒しかない、早く、早く、娘のもとへ。

必死になって飛んでいる間、子ども達との思い出が脳裏を駆け巡った。

葵がまだ赤ちゃんだった頃、高熱を出して心配したこと。幼い葵と祐希は私の姿が見えないと不安になって泣くから、トイレのドアを少し開けておくようになったこと。家族並んで昼寝をした日に、二人の柔らかい産毛を撫でたこと。子ども達を幸せにしなきゃ、と不器用なりに頑張ってはいたけれど、かけがえのない幸せをもらっていたのはいつも私の方だった。

くちばしでベールの先を咥え、葵の顔が隠れるようにそっと下ろした。薄いベール越しに葵と目が合う。全てがスローモーションのように見えた。気丈に振る舞っていた葵の目から、涙が一粒流れていった。

「お母さん……」

葵のかすかな呟きに、私よ、と返事をする。それはピイピイという鳥の鳴き声になって響いた。

そうして〝五秒の奇跡〟は終わった。会場からふっと黄色い鳥の姿が消える。私は元の透明な幽霊に戻っていた。慌てた元夫が、既に下りているベールを再度持ち上げて下ろし直そうとしている。葵は「これでいいの」とベールの端をぎゅっと握った。

「お母さんが来ないわけないもんね……ありがとう」

葵はふふふと声を出して笑った。花が咲いたような笑顔で、戸惑う元夫を引っ張るようにバージンロードを進んでいった。

私は想像していたよりもずっと早く死んでしまった。愛する娘にやってあげたいことが、まだまだたくさんあった。けれど今、この子は大丈夫だと心の底から思える。寂しさで足を止めそうになっても、きっといつかは前を向いて進んでいける。私はただ空の上から子ども達の幸せを願っていればいい。元夫の幸せも、まあ一度か二度なら願ってあげようかしら。あんな人でも、子ども達の心の支えにはなっているだろうから。

「これでよかったのか？　鳥になるなんて凡人のやることだぜ」

黒い羽の天使は言った。その表情はどこか不満げだ。

「いいの、いいの。我ながら最高の使い方をしたわ」

結婚式は進む。幸せな夫婦が誓いのキスをする瞬間、偶然にも海の上には虹がかかっていた。

幽霊が出ると噂の結婚式場を見つけた。
真新しい電球が式の途中で点滅したり、
式場で撮った写真に白い人影が写り込んだりと、
不可解な現象がよく起こるらしい。
そのためか立地が良いのに料金は妙に安かった。
私はその式場で挙式をすることに決めた。
ここならば、亡くなった母も参列できるかもしれない。

中編
目が合ったなら
死んでくれ
12
1
2
3
4
5
6
7
8
9
10
11

クラスメイトの中に一人は変わり者がいるものだが、それにしても彼女は嘘みたいに変わっている。変わっているというか、もはや「おかしい」のレベルだ。

彼女、目堂りさは常にサングラスをかけている。登校から下校までずっと。その真っ黒なスモークレンズは真夏の教室で異様な雰囲気を放っていた。身に纏っている白いブラウスとチェックのスカートは爽やかなのに、いかついサングラスだけがなぜかハードボイルドなのだ。

入学式の後、担任の教師が「目堂さんは目の病気で……」と説明してはいた。だが「目堂りさと目が合った人間は呪われる」というのがもっぱらの噂だ。彼女がただサングラスをかけているだけならまだ理解を示す生徒もいただろう。ただ、彼女にはそれ以上に変わったところがあった。

「なるほどですねぇ」

昼休み、目堂はふんふんと頷きながら本を読んでいた。席替えでたまたま目堂の隣の席になった俺は、その時見てしまったのだ。とびきり気味の悪いものを。

目堂が読んでいたのは『殺人の手引き』という分厚い本だった。机の端には『確実に人を殺す方法』『世界の死に方百選』『ここを切ったら致命傷』の三冊が積まれている。この後読むつもりなのだろう。拗らせ中学生かよと突っ込みたくなったが、目堂のスカートのポケットからペティナイフが落ちてキン、と音を立てた時、背筋が凍った。細かな傷が刻まれたペティナイフはよく使い込まれているように見えた。

放課後、クラスメイト達が教室で雑談に耽る中、目堂は静かに教室を去った。彼女が教室からいなくなると、あちこちから安堵の息が漏れた。

確かに目堂は変わり者だし、友達になりたいだなんて微塵も思わないが、この待遇には少し同情する。ふと自分が小学生だった頃のことを思い出した。背が低くてガリガリだった俺は、周りからはいつも「チビ石」「ガリ石」と呼ばれていた。バカにされ、仲間外れにされていたあの頃、学校に行くのがつらくて仕方なかった。「白石」という本名で呼んでくれる人は誰もいない。いつも誰かに笑われているような気がして、人の笑い声を聞くのが怖かったことをよく覚えている。

高校生になった今、俺はクラスの中に普通に馴染めている。だが、昔の傷が完全に癒えたわけではない。だからこそ、目堂のことは不気味だと思いつつも、ほんの少しだけ憧れに似た感情を抱いていた。周りから徹底的に避けられ、幽霊や妖怪かのように扱われているというのに、目堂は涙ひとつ溢さずマイペースに生きている。教師ですら彼女を避けているというのに、だ。自分以外の人間の言動などまるで気にしていないようだった。

「ねえ、白石君」

そろそろ帰ろうかと通学鞄を持ち上げた俺に、同じクラスの捨野真央が声をかけてきた。艶やかな黒髪を肩の上で切り揃えた彼女は、クラスの中でも優等生として知られている。席替えで席が近くになってから、俺と彼女は時々話すようになった。

「目堂さんが幽霊地区に一人で住んでるって噂、本当なのかな」

捨野は不安げな表情で俺に尋ねた。俺は「さあ。さすがに嘘じゃないの?」と首を傾げた。

「幽霊地区」と呼ばれる地域は、連続バラバラ殺人事件が発生したことで有名だ。ちょうど俺が生まれるほんの数カ月前に起きた、凄惨な事件だ。何かと不可解な点の多い事件だったらしく、犯人の正体は今も明らかになっていない。殺人事件のあった地区に住んでいた人々は一人残らずその地を離れ、今では誰も寄り付かない場所となった。不気味な廃墟が建ち並ぶその地区の中でも、バラバラ死体が相次いで発見された産婦人科の建物は、オカルトマニアの間で「絶対に立ち入ってはいけない」と言われる心霊スポットとしてよく知られているそうだ。

そんな幽霊地区に目堂りさが一人で住んでいるという噂は、彼女への恐怖心を一層かき立てていた。しかし、その噂の真相を確かめるだけの勇気のある生徒はいなかった。

「そんなに気になるなら、本人に聞いてみれば？」

俺の提案に、捨野は「無理だよー」と目を伏せた。

「私、目堂さんに嫌われてるみたいだし……」

高校一年の春、捨野は目堂の肩を叩き、授業のグループワークに誘おうと声をかけたことがある。正義感が強く世話焼きな彼女らしい行動だ。クラス中が固唾を呑んでその様子を見守る中、目堂は「余計なお世話なのです。私に近づくと死んでしまいますよ？　ひひひ」と薄気味悪い笑みを浮かべて断った。目堂には同情できるところもあるなと思っていた俺ですら、こいつは想像していた以上にネジが飛んだやばいヤツなんじゃないかと背筋が凍った。

それ以降、全校生徒の中で唯一あのサングラス女と関わりを持とうとしていた捨野ですら、自分から話しかけることがなくなってしまった。

目堂が周囲から避けられるこの状況は、ある種彼女自身が作り出したものでもあった。


七月のある暑い日のこと。夏休み直前で、生徒達の間にはどこか浮ついた雰囲気が漂っていた。教室の窓の向こうでは緑の木々が風に揺れている。

しかし、その穏やかな風景とは裏腹に、廊下の一角で突如小さな騒動が起こった。

「きゃあっ‼」

教室で次の授業の準備をしていると、廊下から女子生徒の悲鳴が聞こえた。その声に続いて、「嘘っ、嘘っ」と慌てた様子の声が聞こえた。目堂の声だ、と気づいた俺は、気になって廊下を覗いてみた。どうやら、廊下を歩いていた隣のクラスの女子生徒が目堂にぶつかったらしい。その衝撃で彼女のサングラスが顔から落ちてしまったようだ。目堂は左手で自分の目を隠しながら、右手を床に這わせ、必死でサングラスを捜していた。

「どこ⁉　どこなのですかっ」

目堂にぶつかった女子生徒を含め、周りにいた生徒達は逃げるようにその場を離れていった。目堂の背後にサングラスが落ちていることは一目瞭然なのに。気がつけば、俺だけが彼女の様子を見守っていた。どう行動するべきか決めきれず、額に汗が滲む。

一歩、教室の方へ後退りをした。しかし俺は気づいてしまった。目を覆ったままサングラスを捜す目堂が、このまま進むとすぐ近くにある階段から転げ落ちてしまうかもしれないということに。俺は目堂のサングラスを拾い上げ、彼女のもとへ駆け寄った。

「あ、あの……。これだろ、捜してるの」

俺は目堂の手にサングラスを握らせた。意外にも、目堂は「わあ、ありがとうございます！助かりましたです！」と素直に感謝の言葉を口にした。どうやら彼女にとってフルスモークのサングラスはよほど大切なものらしい。

ほっとしたのだろう、自身の目を覆っていた目堂の手の力が緩んだ。その瞬間、目堂の指と指の間から、かすかに光が漏れているように見えた。なんだろうと気になって目を凝らすと、それが目堂の瞳から漏れる光だと分かった。サングラスなしの彼女の目は、日本人離れした淡い緑色をしていた。薄暗い廊下の中で、ほのかに光って見えるその瞳から目が離せなくなった。

「あ……」

ほんの一瞬だけ目堂と目が合った。目堂は大きな目にぽてっとした赤い唇が印象的な、想像していたよりも案外幼い顔立ちをしていた。気味が悪いとばかり思っていたが、クラスの中でも結構可愛い部類に入るんじゃないか。だが爬虫類のような色の瞳だけはやはり異様だ。目の病気だというのは本当なのかもしれないな、と俺が思ったその時、首筋に何か冷たいものが触れた感覚がした。

「今、目が合いましたね？」

冷たい声だった。いつの間にかサングラスをかけ直していた目堂が、俺の首にペティナイフを突きつけていた。

押し当てられたナイフの硬い感触に鳥肌が立つ。俺は恐怖で声が出なかった。ただ黙って彼女の問いかけに頷いた。

「そうですか……。じゃあ、死んでもらってもいいですか?」

首に当てられていたナイフがわずかに横に動く。生ぬるい血が制服の白いシャツに染みていくのが分かった。

やばい、やばい、やばすぎる。こいつ、本当に頭がおかしいんだ。

俺は「はあああ⁉」と情けない声を漏らして目堂を突き飛ばし、その場から全速力で逃げた。

走りながら必死になって考える。どこに逃げればいい? 教室はダメだ。すぐに追いつかれてしまうだろう。職員室か? いや、ここからじゃ遠い……。ふと廊下の先に男子トイレを見つけた。考える間もなく、トイレに駆け込んだ。

トイレの個室に入り、ドアをロックする。全身がぶるぶる震えていた。落ち着け、落ち着け、と自分に言い聞かせても、激しく脈打つ心臓は一向に静まる気配がない。

あぁくそ、なんでこんなことになったんだ。あの女を助けようとしたのがまず間違いだった。周りからは嫌われているが実はいいやつなんじゃないかと想像したこともあるが、そんな俺がバカだった。そりゃ嫌われるし避けられる。目が合っただけで殺そうとするやつなんだから。

「……ひひひ」

その時、個室の扉の向こうから笑い声が聞こえた。

「ここですね？　白石君」

目堂の声だ。俺は息を殺し、動かないようにしていたが、彼女はどうやら俺がここにいることを確信しているらしい。しばらくすると、彼女の手が個室のドアを叩き始めた。ドン、ドン、ドン、ドン、ドンドンドンドンドン！　ドアを叩く力は徐々に強くなっていく。今にも扉が壊れそうなくらいに。

あまりの恐怖に息が詰まりそうになる。俺は意を決してトイレの窓を開けた。ここは二階だが、下に見える地面はそれなりに遠い。打ち所が悪ければただではすまないだろう。だが、ナイフを持った得体の知れない女に捕まるよりはマシだ。俺は窓から外に飛び出した。

背後から、ドアが壊れる音が聞こえた。

ふと気がつくと、薄暗い部屋の中にいた。どこからか、ぽちゃん、ぽちゃんと蛇口から水が垂れる時のような音が聞こえてくる。

ここはどこだろう。周囲を見回そうとするが、身体が動かない。俺は椅子に座らされた状態で手足を縄で縛られていた。胴回りは背もたれのある椅子に太い鎖で縛りつけられ、身動きが取れないようにされている。

「なんだ……なんなんだよ、これ！」

パニックになった俺は身を捩って不気味な空間から逃げ出そうとするが、椅子ごと無様に倒れただけだった。地面に顔を打ち付け、口の中に血の味が広がる。

薄汚れた床に細いナイフのようなものが落ちているのが見えた。よくよく目を凝らすと、それは赤黒く錆びついたメスだった。地面のあちこちに同じようなメスが散乱している。

「あ、起きました？」

誰かの声が聞こえたと同時に、部屋にパッと電気がついた。目の前に見えたのは古びた手術台と医療器具が乱雑に置かれたトレイ。ここはどこかの病院の手術室の中だったらしい。

天井につけられた蛍光灯はそのほとんどが割れており、残りの数本だけが弱々しく光を放っている。

声がした方に視線を向けると、手術室の入り口に目堂りさが立っているのが見えた。

彼女は制服姿で、いつものサングラスは外していた。手には大きなナタのようなものを持っている。返り血だろうか、彼女の制服にはところどころ黒いしみができており、その手が握っている凶器の刃先からはポタポタと血が垂れていた。

「困りますよお、白石君。私、あなたのことを殺したくて、殺したくて、殺したくてしょうがないのに！　私から逃げるなんて……」

目堂が彼女の足元にあった何かを蹴る動作をすると、血生臭い塊が俺の目の前に転がってきた。

それが何か分かった瞬間、俺は絶叫した。目堂がサッカーボールで遊ぶかのように蹴り飛ばしたそれは切断された人の腕だった。

「あああああああ！　やめろ！　やめろっ！」

目堂が少しずつこちらに近寄ってくる。逃げ出したいのに、手足を縛られているせいで身体を捩らせることしかできない。そんな俺の様子を見て目堂はキャハハと笑っていた。

「どこから切りましょうかねえ。やっぱり足かな？　もう追いかけっこは嫌なのですよ」

目堂は俺の右太腿の上を刃先でなぞりながら言った。刃についていた誰かの血が、俺の穿

いていたズボンに染み込んでいく。恐ろしさで歯がガタガタ震えた。
一体なんなんだ。どうしてただ目が合っただけで、こんな不気味な部屋で無惨な殺され方をしなきゃいけないいんだ。
「そーれ!」
ブン、と音がしそうなほど大きく、目堂はナタのような刃物を振りかざした。

自分の叫び声で目が覚めた。息は荒く、全身が汗でじっとりと濡れていた。さっきまでの出来事は夢だったようだ。

ぼんやりとしていた意識は身体に走った強烈な痛みで瞬時に覚醒した。痛い。痛い。手足の付け根が焼けるように痛い。

カーテンの隙間から部屋に日が差し込んでいる。朝か。昨日の出来事が夢だったらいいのにと思いながら、俺はベッドから起き上がった。しかし、関節の痛みがこれが現実であることを物語っていた。手の付け根が痛むのは謎だが、足の付け根が痛いのは、二階から飛び降りたことが原因だろう。痛みに耐えながら、昨日の出来事を思い返していた。

命がけで逃げ出した俺は、学校から徒歩十分の場所にある自分の家へと走って帰った。家に着いてからは、ドアと窓を全て施錠し、そこでようやく体から力が抜けた。それからどっと疲れが出て、自室のベッドに倒れ込んだ。どうやらそのまま一晩中眠り続けてしまったようだ。

運悪くというべきか、両親はともに出張中で、家の中はしんと静まり返っていた。時計の針は午前六時を指していた。

スマホを見ると、一件の通知が来ていた。優等生の捨野からだ。『白石君、急に帰っちゃったみたいだけど大丈夫？　体調悪い？』という俺を心配するメッセージだった。目堂が俺を殺そうとしていたことは、他の生徒には知られていないようだ。目堂はあのまま何事もなかったかのように教室に戻ったのだろう。

ガタン！

その時、部屋の窓が大きな音を立てて揺れた。俺は思わず身を硬くする。外に誰かいるのか？

ふと手の中のスマホが震えた。捨野からのメッセージだ。

『それと、事後連絡でごめん。白石君に授業のプリントを届けたいから住所を教えてほしい、って目堂さんから昨日頼まれたんだ。珍しいよね？　で、私も正確な住所は知らないけど、前に白石君が話してた大体の家の位置を教えちゃった』

ガタッ、ガタガタッ！

カーテンの向こうで再び窓が揺れる音がした。

「嘘だろ……」

まさか、そこに目堂がいるのか。捨野から聞いた情報をもとに俺の家を特定して。

しばらくの間、俺は窓の方を凝視していた。しかし時が過ぎても何も起こらない。意を決してカーテンを開けると、安堵で腰が抜けた。ただ外の風が強いだけのようだ。

「とにかく、警察……。警察に知らせないと」

これは嫌がらせやいじめとは違う。れっきとした殺人未遂だ。幸いにも家と学校の間には交番がある。俺はすぐさま家を飛び出し、交番へと向かった。電話で経緯を説明する時間すら惜しい。とにかく一人きりでいるのが怖かった。

早朝の住宅街に俺の足音が響く。家を出るときから、俺は自然と周囲を警戒するようになっていた。人影を見るたびに、もしかして目堂りさではないかと身構えてしまう。交番までのわずかな距離を、今までにないほど長く感じた。

気がつけば早足で歩いていた。あと少し、あと少しだ。次の角を曲がれば交番が見えるというところまで来た。角を曲がる寸前、後ろから声がした。

「しーらいーし君」

その声に凍りつく。恐る恐る振り返ると、予想通り、そこには制服姿でリュックを背負った目堂が立っていた。サングラスをかけ、笑みを浮かべて。

「なんで……」

俺は声を震わせながら問いかけた。目堂はえへへ、と照れた様子で「きっと警察に行こうとするだろうと思いまして。待っていたのですよ」と答えた。その返答に、俺は何を言っていいか分からなくなった。ただ視界の端で逃げ道を探していた。

「クラスで最初に自己紹介をした時、白石君、徒歩通学だって話していましたよね。だったら、一番近い交番はあそこだろうなって思って。ひひっ、びっくり。当たっちゃいました！」

目堂は口元に手を当てて笑った。彼女の笑い声は実に無邪気で、まるで描いた絵を親に褒めてもらおうとする子どものようだ。発言の内容と嬉しそうな様子がミスマッチで、それが余計に恐怖を煽る。

一歩、また一歩と目堂がこちらに近づいてくる。きっと背負っているリュックの中にはナタやノコギリなんかが入っているのだろう。幽霊地区で起きた連続バラバラ殺人事件のことが頭をよぎる。目の前の女があの事件と無関係だとはとても思えなかった。事件があった頃、目堂は新生児だったか、あるいは生まれてさえいないはずだが、何か、何か繋がりがあるはずだ。あの事件に影響を受け、「死んでもらってもいいですか?」が口癖になった最高にイタいやつという可能性もなくはないが。

このままでは全身バラバラにされて殺される。俺は目堂に背を向け、夢中になって走った。そのせいで交番から遠ざかってしまうことも分かっていたが、今はもう逃げることしか考えられない。「待ってくださ~い」と目堂は後ろから追いかけてくる。自宅を悟られないよう家とは違う方向に曲がりながら走った。どこに向かっているのか自分でも分からない。

体力の続く限りひたすら走った。目覚めてからずっと俺を苦しめていた手足の付け根の痛みは、走り続けるうちにどんどん増していく。しかし、目堂の足音が聞こえなくなるまで止まるわけにはいかなかった。

走りながら、今朝夢で見た景色を思い出していた。薄暗い手術室、床に転がった腕、振り翳された凶器。そして目堂の笑い声。

このままでは、あの夢が現実になってしまう。

必死で逃げていると、いつの間にか人気のない裏路地に迷い込んでいた。目堂の姿は見当たらない。俺は息を切らしながら、立ち止まって周囲を見回した。

「そんな……」

俺はある事実に気づいて絶句した。目の前の道は、行き止まりだった。

こつん、こつん、こつん。

背後から足音が聞こえてくる。もはや逃げ場はない。振り返ると、目堂りさが余裕の表情で立っていた。運動部には入っていなかったはずだが、意外にも体力はあるらしい。「やっと追いつきました～」と彼女は背負っていたリュックを地面に下ろし、ジッパーを開けながら言った。

「なんなんだよ、お前……」

じりじりと後退りすると背中が壁に当たった。迫り来る死の予感に冷や汗が止まらなくなる。

目堂はリュックの中をガサゴソと漁りながら「いやあ、私もいけませんでした。死んでもらってもいいですか？　なんて急に聞いちゃって。そりゃ、訳も分からず殺されると思って逃げちゃいますよねえ」と呟いた。

俺はポカンと口を開けたままその様子を見ていた。もしかして、全部俺の勘違いだったのか？　目堂はただの変わり者で、殺人鬼なんてことはないのか？　全身から力が抜け、その場にへたり込んだ。だが、目堂にナイフを突きつけられたのは事実だ。それに、俺の首には傷がある。何がどうなって殺されかけたのか、一つも理解できなかった。

「あの……さ。嘘だよな？　目が合ったら呪われるなんて……」

俺は恐る恐る彼女に聞いた。頼む、嘘だと言ってくれと願う。目堂はリュックから何かを取り出し、ニコリと笑って答えた。

「いえ。それは本当ですよ？」

彼女が手に持っていたのは刃物ではなく、本だった。数冊の本を抱えてこちらに歩み寄ってくる。

「私、生まれた時から呪われているらしいのです」

目堂はかけていたサングラスを片手で外して言った。淡い緑色の目が哀しげに揺れる。

「私の先祖が何百年も前に禁忌を犯して、その呪いが私の代に発現したとかなんとか……。私と直接目を合わせた人は、二十四時間後に四肢がじわーっと千切れて死んじゃうのですよ。それっていうのが、刺されたり撃たれたりするよりもよっぽど痛くて苦しいらしくて……。申し訳ないし、可哀想だしで、私、なんとかできないかなと思いまして。それで、思いついたのです！」

「まさか……」

汗が額を流れていく。目堂は続けて言った。

「はい、できるだけ楽に死ねるように私がサポートしようと思って、日々情報を集めているのですよ。だから、白石君……」

彼女は膝を曲げ、俺に三冊の本を差し出した。

「すみません。目が合ってしまったので死んでくれますか？」

震える手で、手渡された本の表紙を一冊ずつ確認する。一冊目と二冊目には、それぞれ『殺人の手引き』『確実に人を殺す方法』と表題がついていた。そして三冊目のカバーには『理想の死に方　苦しまずに逝こう』と大きく書かれていた。

おわりに

皆様、お久しぶりです。神田澪です。

二〇二一年に『最後は会ってさよならをしよう』を出版してから三年、ついにシリーズ第二作目となる『最後は笑ってさよならをしよう』を皆様にお届けできることを心から嬉しく思います。全ての作品に思い入れがありますが、その中でも本作で個人的に特に気に入っているのは、

・最後の台詞から方程式のようにオチを導き出してもらう『先輩の先輩』（P.28）
・最後の一言がじわじわキュンとくる『彼氏へのプレゼント』（P.32）
・読者それぞれの解釈で様々なオチが考えられる『コールドスリープ』（P.127）
・自分が主人公だったらどう反応するだろうかと想像が膨らむ『画家のファン』（P.160）

などです。

この三年の間に、TwitterがXにリブランディングされ、従来の140字

の文字数制限が、有料プランなら二万五千字まで書けるように拡大されました（※無料プランでは１４０字のまま）。

しかし、スクロールせずにサクッと読める「１４０字の物語」の魅力は健在で、この物語の世界はまだまだ広がり続けるはずです。

最近では「親子で本を読んでいます」というお手紙をいただいたこともあり、読者層の広がりを感じています。


書籍デビューから三年が経ちましたが、私は相変わらず「サクッと楽しめる小さな物語」をテーマに、短編小説やショート動画を制作しています。

スマホのメモにはいつも物語のネタを書き留めていて、最近確認したら百個以上のネタがストックされていました。これからも書きたいアイデアに事欠くことはありません。今後も新作を楽しみにしていただければ幸いです。

二〇二四年七月吉日　神田澪

神田 澪（かんだ　みお）

熊本県出身。2017年よりX（旧Twitter）上で140字ちょうどの物語を投稿し始める。時に感動を呼び、時に切なくなる物語が支持される。主な著書に『最後は会ってさよならをしよう』『真夜中のウラノメトリア』(KADOKAWA)、『私達は、月が綺麗だねと囁き合うことさえできない』(大和書房)ほか。

X:@miokanda
Instagram:@kandamio
TikTok:@miokanda

最後は笑ってさよならをしよう
2024年7月2日　初版発行

著　者　神田 澪
発行者　山下 直久
発　行　株式会社KADOKAWA
〒102-8177 東京都千代田区富士見2-13-3
電　話　0570-002-301（ナビダイヤル）
印刷所　大日本印刷株式会社
製本所　大日本印刷株式会社

●お問い合わせ
https://www.kadokawa.co.jp/（「お問い合わせ」へお進みください）
※内容によっては、お答えできない場合があります。
※サポートは日本国内のみとさせていただきます。
※Japanese text only

定価はカバーに表示してあります。

Printed in Japan　ISBN 978-4-04-114889-1　C0093